U0909332

独处之意是清欢

包利民 著

江苏凤凰文艺出版社
JIANGSU PHOENIX LITERATURE AND ART PUBLISHING, LTD

图书在版编目（CIP）数据

独处之意是清欢 / 包利民著. — 南京 : 江苏凤凰文艺出版社，2019.3
ISBN 978-7-5594-3106-6

Ⅰ. ①独… Ⅱ. ①包… Ⅲ. ①散文集—中国—当代 Ⅳ. ①I267

中国版本图书馆CIP数据核字(2018)第292130号

书　　名　独处之意是清欢
作　　者　包利民
出　　品　九志天达
统　　筹　姚　丽
责任编辑　白　涵　刘洲原
策　　划　朱静静
责任监制　刘　巍　江伟明
出版发行　江苏凤凰文艺出版社
出版社地址　南京市中央路165号，邮编：210009
出版社网址　http://www.jswenyi.com
印　　刷　北京富达印务有限公司
开　　本　690毫米×980毫米　1/16
字　　数　200千字
印　　张　15
版　　次　2019年3月第1版　2019年3月第1次印刷
标准书号　ISBN 978-7-5594-3106-6
定　　价　36.80元

目　录

第 2 辑　风中嗅到每个人的香

第 3 辑　为喜欢的生活而活

第 4 辑　浮生半日闲

第 5 辑　走得越远，离得越近

自序

让文字开出温暖的花

从小喜欢看书。有一天，我在黑暗的仓房里寻宝，忽然就在角落里发现了许多书，那是祖父和父亲读过的，种类很杂，哪方面的都有。我打开边上的一扇小窗，阳光便一拥而入，照亮了经年的阴暗。

那个夏日的午后，我就在小窗下，看书。仿佛一不小心撞开了一扇门，眼前是一个陌生而神奇的世界。虽然那时识字不多，虽然有些书看不懂，我还是生吞活剥地读了许多。那几年，那一堆书，成了我最流连的相伴。

乡下的生活，每一家的书都极少，四处去借，就像饥不择食。对于文字的热爱，便在那时播下了种子。当时每个孩子都有一个小本子，上面抄着一些歌词。有一天，一个亲戚来家里，看我正在抄歌词，便说：“你怎么不写日记呢？”那一瞬间，有着一种说不出的感觉和感受，有激动，有兴奋，有渴望。于是，我就开始了我十五年的写日记的生涯。

文字从眼中走向笔端，就像一个春暖花开的过程，在自己的心里丰盈着、灿烂着。直到中学时开始投稿，开始发表文章，我的那些文字又绽放在杂志上，或许也会温暖别人的眼睛吧！心里有着一种感动。当时喜欢读，喜欢写，并没有认为这是自己的梦想，只是一种热爱。

后来大学毕业，参加工作，起初的时候，电厂还没建成，我们每天都没什么事，在职工宿舍里，别人都是打牌或者喝酒，我却坐在床上，把窗帘一拉，在本子上构筑自己的世界。再后来，电厂建成，倒班，每到夜班，我就偷偷地在本子上写，一直写到霞光满天。不知度过了多少那样的晨昏，现在想来竟也觉得很美好。

我一直觉得，我并不是努力，而是一种坚持。就像我说的，我不认为写作是我的梦想，而是热爱。因为梦想的定义太高远，热爱却很近，努力的说法太矫情，而坚持却是简单的执着。

同样，我经常说我热爱文字，而不说热爱文学，因为文学被现代的人们弄得太孤高。而文字离我很近，我可以没有负担地热爱，文学离我还远，所以我会一直坚持下去。

渐渐地，发表文章多起来，也出了些书，更拥有了很多读者。有些人会给我留言评论，说我的散文和别人的不一样，小说也和别人不一样。起初我是很惶恐的，觉得自己可能离经叛道，走入歧途。后来就想开了，既然热爱的是文字，就管它是不是文学，按着自己心中想的，自然而然地去写就好。而且和别人不一样，也算是一种特点吧。

所以，我会一直热爱，一直坚持，不谈梦想，不谈文学，只是尽力让自己的文字能开出温暖的花，去点染某双眼睛，或者温暖某颗心灵。对于我来讲，这就是我写字的意义，很简单，很清楚。

所以，感谢你们，如果说有动力，你们的懂得，才是我所有温暖力量的来处。这本书，里面的文章都是自然而然，有感而发，也是未曾收入过别的集子中的。如果能有让你们动容、动心的片段，那就是我的收获，我的幸福。

2018年7月

于小兴安岭

第1辑

补在心上的暖

Warm

有一种暖，补缀在心上，把生命点染得芬芳绚烂；

有一种爱，绽放在平凡中，把岁月氤氲成最美丽的风景。

• • •

一根缝补岁月的针

在我小时候的印象中，母亲极严厉，那时父亲长年在外地工作，家里那么多孩子，全靠母亲一人，有时候不用雷霆手段是不行的。

读小学时，有一段时间我经常逃课，母亲发现后，便找到我，拽着红领巾将我拖到学校。有几次，还狠狠掐我，专挑腿根柔软的地方下手，掐得乌青一片，针扎一般，极疼。几番下来，我再也不敢逃课。我后来能够学习优秀、考上大学，与母亲的掐有着很大关系。

不过，后来一对比，才发现，母亲对我的打骂根本不算什么。哥哥有一段时间极叛逆，那时他正读高中，母亲越是管他，他越反抗。而且他那时在县城住校，母亲有时候鞭长莫及。哥哥本来学习还是很好的，后来迷上了电子游戏，几乎不怎么上课，天天长在游戏厅里。母亲闻讯后，曾几次突然袭击，虽然打得挺狠，可是哥哥梗着脖子，一脸的不服气。有一次，母亲终于大爆发了。当时我是同母亲一起去的县城，哥哥并不在教室和宿舍，母亲便挨家游戏厅找，把正在奋战的哥哥当场擒获。

我终于见到了母亲不打人的另一面。她拽着哥哥的衣领，就像当年拽我的红领巾一样，一直拖到学校。学校正是上课间操的时间，所有学生都在操场上做操。母亲就一直拽着哥哥上了领操台，这个举动把我震惊了，全校师生都停止了做操，看着这奇怪的一幕。母亲大声说："这是我儿子，在你们学校上高一，我们家是农村的，他来城里却不再像以前那样好好念书，整天出去玩儿，我打他、骂他都不管用。今天我当着大伙儿的面，就是想说，我这个儿子已经不会有出息了，以后我也不会再管他，如果不信，你们都看着，看他以后什么样！"说完，母亲下了领操台，拉起我，头也不回地走了。

哥哥就低头站在台上，狠咬着嘴唇，眼中全是愤恨。那以后，母亲果然再没去管过哥哥，哥哥周末也不回来，每次都是我去给他送生活费。哥哥沉默了许多，我也不敢问他还去不去玩游戏了。听说那次事件以后，校长震怒，要开除他，最终却还是留下了他。

后来，母亲的威严就落在了姐姐头上，不过却没有起到效果。那时姐姐正谈恋爱，我们都觉得那个小伙子人很不错的，可母亲却不知怎么，就是瞅着人家不顺眼，还说了一大堆她臆测出来的理由。那些理由连我们都不相信，更别说处于爱情甜蜜中的姐姐了。结果，不管母亲怎样严厉或者苦劝，都没能阻止姐姐和那个人进入婚姻的殿堂。我记得有一次，还是在姐姐婚前，晚上，母亲坐在炕上缝补，姐姐就感叹道："妈，我觉得你就像你手里的针，把我们扎得遍体鳞伤的！"母亲停顿了一下，并没有说什么。姐姐结婚的时候，母亲并没有表现出一点的不满，这让我们心里都舒了一口气。

几年后，姐姐在痛苦中离婚。没想到，当年母亲臆测的那些，竟然都成了现实。那段时间，姐姐悔恨交加，每天都很难过。母亲一改往日的冰冷，并没有说什么当初不听话之类，只是带着姐姐四处去游玩散心，还制造了一些难以忘怀的美好回忆，渐渐地，姐姐终于平复过来，快乐如初。

前几年，大家都回老家过年，戴着老花镜的母亲正给我们的孩子缝制棉裤。我便忽然想起当年姐姐说过的话，觉得母亲有时真像一根针一样，狠扎我们的心灵。听我说起这些，哥哥却很动情地说："妈真是一根针，扎得我们的心很疼，让我们重新唤起勇气和力量。"我知道哥哥想起了被母亲拽到领操台上的往事，那时校长要开除哥哥，是母亲又去找到校长，将哥哥留下。哥哥一直都知道，所以他就真的改变了，并以全县第二的成绩考上了大学。

是的，母亲就是一根锋利的针，有时候我们真的需要有人在我们心上狠刺几下，让滚热的血流淌出来。而母亲更是用这根针，缝补着那些岁月，而我们就如她手上的那些布料，在承受针刺的过程中，都得以成为美丽的衣裳。而当我们有了坎坷时，母亲又会一针一线地为我们补缀那些伤口，把伤口变成美丽的花朵，就像现在幸福的姐姐。

长长的岁月里，母亲就是那根针，而她给我们爱，就是那些线，一针一线，为我们缝制出一个幸福的人生。

• • •

母亲的钱藏在哪里

那时家里的钱都是母亲保管和支配，虽然钱不多，可是钱越少就藏得越仔细。上小学的时候，我和姐姐们一样，爱上了读书。虽然家里也有一些书，可是多已翻遍，我们常常为争抢一本借来的书而吵闹。所以后来想到了买书，于是和姐姐们商量决定，每天的零花钱全省下来。于是我们有了自己的书，可是相对于我们惊人的阅读速度和渴望，买来的书远远满足不了我们的需求。

这个时候，我们就想到了偷家里的钱买书。虽然那个年代书极便宜，可是相对于收入来说，却也不可多买。想偷钱，就得知道钱在何处。我们先是大范围搜索了一下，把觉得可以藏钱的地方都翻了一遍，却是一无所获。就连墙上的年画后面也看了看，墙上并没有什么暗格机关一类。这下都挺失望，大姐提出一个想法，母亲每天都要花钱，让我们注意母亲从哪里取钱，就知道钱在哪儿了。观察了一周的时间，很无奈地发现，母亲真的很有规划，几乎把每一天要花什么钱、花多少钱都计算得很清楚，也不知啥时候把钱准备出来的，反正我们看不到钱的来处。

怎么办？一天没有书看，我们就觉得很难熬，而那些旧书几乎快背下来了，不想再翻。于是我们只好展开了第二次地毯式寻找，不放过任何一个角落，连家里快成古董的一些粮票什么的都找到了，就是见不到钱币可爱的身影。而且，很不幸的，这次搜寻尚未结束，就被提前回来的母亲给堵个正着。

母亲一眼看穿了我们行动的目的，并没有责怪我们，反而笑得前仰后合。笑到最后，她说："好了，知道你们是想买书，我给你们钱，别把你们急得出去偷抢！"然后，在我们极度惊奇惊讶的目光中，母亲走向我们堆放在墙角的那一堆书，从里面拿出一本，而那本书，是我们最爱读的那本，是当初母亲极力推荐给我们看的。母亲翻开书，抽出一张十元递给目瞪口呆的我们。知道了家里的藏钱之处，我们也没有去偷过，因为母亲会定时给我们买书的钱。

后来搬了几次家，家里的书也多了起来，整齐地摆放在书柜里，可是书们再也没有了最昂贵的书签，因为母亲已经不再把钱夹在书里，她怕书多了记不起放在哪一本中。这个时候，我们就不知道母亲又找到了什么更好的地方，也没有再刻意去寻找过。有一次姐姐家孩子生病住院，来母亲这里拿钱，母亲不在家，姐姐就开始了寻找，由于心里着急，并没有面面俱到，所以依然一无所获。只好给母亲打电话，在母亲的指挥下，姐姐从床底下拿出一个纸壳箱子。

姐姐后来对我们说，她自己找的时候就看过那个破纸壳箱子，里面都是一些信件，就没注意，结果姐姐果然在那些信封里发现了钱。事情过后，我们曾拿出那个箱子，惊讶地发现，那些信，都是我们上大学时写给家里的！我们渐渐地发现，母亲藏钱的地方都很特别，或者是我们小时候用过的东西里，或者是我们的孩子曾经穿过的衣服里，即使后来变成了存折，也是如此。所以我们只要用心想一下，总能找到母亲的钱。

现在想来，母亲的钱并不是藏起来，只是放在了一个她觉得亲切的地方，而那些地方，都与爱有关！

• • •

祖父的三次戒烟

据说祖父从少年时开始吸烟，烟瘾极大。动乱年代，祖父也一直坚持吸烟，虽然那时几乎没有烟，可是他总能找到替代品。比如说找一些辛辣的草叶晒干当烟叶，更有甚者，他把晒干的白菜叶和辣椒末掺在一起当烟吸，可见说他坚持吸烟，的确是恰如其分。

说起戒烟的事，已经是后期，天下太平日子安稳之际。按说生活好了，更应好好吸烟了，毕竟艰难年代都没能绝了祖父吸烟的念头。可祖父竟也戒过三次烟，这是让人很难想象的。我知道祖父最爱吸旱烟，就是那种乡下盛产的烟叶上架晾干后，搓得细碎，放进烟袋里吸。那种旱烟极为辛辣，劲儿猛味儿冲，可是祖父吸起来却很是惬意。

第一次戒烟时，还没有我，只是从大人们口中听说。祖父是因为大伯才戒的烟，大伯也是在动乱的年代成长，也曾饱受迫害。平反后，伯父还正年轻，却是意志消沉，也许受的打击太大，每日里总是借酒浇愁。及至后来，估计也没什么愁了，就是剩下酒瘾，一顿不喝便极为难受，就如吸毒之人犯了毒瘾一般。祖父也是用尽了办法，打骂根本不行，动之以情也是对牛弹琴。有一次大伯喝了酒，祖父又骂他，他仗着酒劲儿说：“你凭什么管我？有能耐你把烟戒了，我就把酒戒了！”祖父一听，不再言语，转身走了。

谁也没想到，祖父竟真的开始戒烟！这在家里人看来，是比大伯戒酒更为艰难之事。可他就是不吸了，大伯也是很有气概，也从那天开始不喝酒。这场相互的戒烟酒运动持续了三个月，大伯已经不再想酒，祖父却一直想着烟，三个月来，他似乎一下子老了二十岁。有一天，他对大伯说：“你的酒已经戒得彻底了，我的任务完成了。先说好，我可以再抽烟，你却不能再像以前那样喝酒！”大伯含着泪点头，虽然他也想祖父不再吸烟，可是也知道祖父真的离不开烟，是为自己，他才戒烟的。

在我五六岁的时候，祖父开始了第二次戒烟，这次也是被迫的。有一段日子，祖父咳嗽得厉害，在医院检查了一下，说可能是肺癌，吸烟导致的。这吓坏了家里人，在大家的强烈要求下，祖父又开始戒烟了。不过这次也没有彻底戒成功，只坚持了不到两个月，在省城权威医院复查，不是肺癌，并无大碍。当天回去后，家人都欢天喜地的时候，祖父却翻箱倒柜地找出了被藏起的烟袋，美滋滋地吸起来，边吸边说：“我早听别人说过，抽烟超过二十年，得肺癌的可能性比你们不吸烟的人都小！”大家听了，很是哭笑不得。

而祖父最后一次戒烟，却是坚决无比。几年前，他并没有患上肺癌，可是现在，祖母却不幸得了此病。这对祖父打击很大，特别是当他听姑姑抱怨，说什么他抽烟别人闻烟，对身体伤害更大时，就毅然戒了烟。而且他把烟袋就要扔到外面的河里，祖母却对他说：“别扔了，等我好了，你再接着抽吧，顶多去外面抽，对我们就不影响。”祖父不依，可是那烟袋还是被祖母抢下，收了起来。

祖母不到半年，就走到了弥留之际，临终前，她费力地拿出当初藏起来的烟袋，对祖父说：“这次你戒的时间最长了，很难熬吧？以后你可以接着抽了，记着去屋外边抽！”祖父接过烟袋，一言不发。忙完祖母的后事，祖父也没有再吸烟，只是时常摆弄着那杆烟袋。家里人怕他因祖母过世受打击太大伤了身体，就主动让他吸烟，也想因此转移一下他的情绪。可是祖父依然不吸，却一直把烟袋带在身边。

后来，直到祖父去世，也没有再吸一口烟。他病危的时候，对自己的子女们说：“我就是要彻底把烟戒了，要不我去那边儿和你们的妈在一块儿，又该害她得病了！”

• • •

触摸遥远的国度

夕阳满天，初夏的风带着夜的凉气，注入程小苒薄薄的衣袖。她坐在小小的凉亭里，仿佛大大的院子都随风栖满了孤寂。目光越过高高的墙，一朵火烧云用一种遥远的温情接纳了她的眼睛，就像触摸着一个陌生的国度，在她十三岁的心里，那是一个只有在梦里去过的地方。

她在这个大大的院子里，度过了十个寂寞的春秋，虽然院子里有那么多的孩子，可她却没有一点热闹的感觉。听说，她在三岁的时候，就被送进这所孤儿院，她用无知的哭声敲响了大门。人们打开门时，只有她自己在门前，衣服的口袋里有一张纸，写着她的名字和出生日期。从此，这里就成了她的家。

程小苒是个很安静、很漂亮的女孩子，比那些同伴们长得不知出色了多少倍。因为凡是长得好看的孩子，都被人领养走了，许多人看中了她，她却固执地不走，任凭别人又哄又吓的。就这样留了下来，守望着无边的冷清与落寞。每天放学的时候，走出校门，看着外面成群的家长迎向自己的孩子，嘘寒问暖，把书包从孩子身上摘下，她总会怅然一阵子。在那些孩子幸福的笑脸中，努力去想那是一种什么样的感受。也曾在书上看过太多感人的故事，却始终无法将心契合进去，爸爸妈妈，在她心中也只是一个词语而已。直到人群散尽，她才孤单地踏上回家的路，如果那个大大的院子可以称之为家的话。

偶尔会有人来院里认领自己的亲生子女，这些年中，程小苒也看过好多次了，过程大多相似，先是打听到自己的孩子在这里，然后寻来，却不先露面，只是暗中观察，或是以陌生人的身份接近孩子，时机成熟后方才相认。她不太理解有些孩子对亲生父母由来的恨，她觉得应该高兴开心才是。而且，爸爸妈妈，父亲母亲，之于她来说，只是冷冰冰的词语，没接触过内涵，又何来谈恨？于是心底隐隐地有了希望与渴盼，愿能有一天，一对陌生的夫妇含笑而来，然后含泪拥她入怀。她不但不会恨，还会很幸福吧！

于是，程小苒一直观察着活动在孤儿院附近的陌生人，用一双眼睛去辨认，特别是那些冲她微笑或是对她好的人，可是心中从没有过书中所写的那种血脉感应的奇迹。有一次，她在院子里，一个妇女进来问路，那么多的孩子，只是问了她，慈祥地对她笑，还轻抚她的发，那一瞬间，心中确实有着一种感动。可是，那妇人终没再来过。街对面新开了一个文具店，店主夫妇待人和善，特别是对她，极其喜爱，她去买东西时，常会送她些小礼物，让她的心里有了浅浅的温暖，也有着淡淡的希望。再就是院里新来的女清洁工，最爱和她说话，没事儿时总是来找她。程小苒看她的气质、神情，很不像清洁工。还有还有，似乎每一个对她好的人，都让她浮想联翩。

程小苒也曾想过自己的父母会是什么样子，家里会是什么样子，按书上所说，也应该有一个可爱的小弟弟吧！一年一年下来，那些她所倾注了希望的人，都给她带来了失望。后来终于相信，自己的爸爸妈妈永远不会来了，他们或许早忘了这个孩子，或许已不在人世。心里依然没有恨，放弃了希望，反而有一种轻松的感觉。便不再去在意陌生人给她的笑与暖，彻底地关上了自己心底的那扇门。家和亲情，就是永远不能触摸的遥远国度。

后来，走进她心里的那个人，是她的班主任，与她有着同样的经历，那是一个如妈妈般关怀她的老师，以致后来在书中一看到妈妈或者母亲的字样，她总会想这个老师。相似的经历，温暖的笑容，让程小苒对这个老师敞开了心扉。她尽情地向老师说着这些年中的曾经的渴盼，以及现在的放弃，此生，也许再与亲情无缘了。

老师轻拥着她，柔柔地抚她的发，说："孩子，那些曾对你好的人，你曾以为他们就是你的亲人。其实你想想，为什么你会认为他们可能是自己的亲人呢？那是因为他们像亲人般关爱着你，喜欢着你。既然这样，你不是已经得到亲情了吗？而且要比别的孩子得到的更多！只要你也去爱他们，那么就是家的感觉，没什么可遗憾的！"

那个夜里，程小苒辗转未眠，老师的话一直在心底流淌。当清晨的第一缕霞光照在她的脸上，把她的心也映亮了，充盈着一种暖意。她对着每一个关心她的人微笑，那笑是从心底开出的花朵。人们惊喜于这个孩子的转变，更加喜欢她了，而她也再没有过孤寂冷清之感。

又一个黄昏，坐在小凉亭里，程小苒面对美丽的夕阳，目光里满是柔软的情愫，忽然发现，曾经遥不可及的那个温暖的国度，不知不觉间，自己已身处其中了。

• • •

微笑的石头

午后的阳光如火扑落，晓岩顶着大太阳向后山走去。未及走近，便传来一阵“叮叮当当”的声音，转过去，出现一个巨大的采石场，无数人挥着大锤，敲击着那些巨石。晓岩在众人中寻到父亲，面对父亲淌满汗水石刻一般的脸，说：“我妈又犯病了！”

父亲扔掉手里的锤子，和晓岩急忙赶回去。母亲的病已经过去，正软倒在炕上。就是癫痫，来得快去得快，不发病时和正常人无异，发作起来惊天动地，很伤身体。而且料不到什么时候发病，一直以来服过太多的药，包括各种偏方，都不见效。安顿好母亲，父亲便又要回采石场，晓岩叫住父亲，嗫嚅着说：“爸，我还是想刻石头！”父亲闻言，瞪大眼睛，扬起满是老茧的手，晓岩吓得一哆嗦。父亲的巴掌如铁般硬，仿佛能拍碎石头。他以前没少挨打，却又不敢躲闪，良久，父亲放下巴掌，说：“想弄就弄吧，可是学还是要上的！”

晓岩在山外的镇上读初中，本来是要住校的，可是父亲出去干活，无人照看母亲，便每天来回奔波，二十里山路，要翻过三座山。虽然自己不住校，可是经常是上学家里没人时，母亲发病，有几次摔得很重。所以他一直是不想读书了的，可是父亲坚决不允，一辈子不识字的父亲，指望着儿子能靠读书出人头地，所以他每次提出，父亲都会狠打他一顿。晓岩有一双巧手，他从小就喜欢摆弄千奇百怪的石块儿，长大后，他有时会把那些石头雕成一些小物件。近来他一直想专心搞石雕石刻，他觉得这些东西大家会喜欢，他想以此来闯一番天地。

而且，晓岩极想通过自己的努力改变一下家里的状况。从五六岁时起，父亲就是整日操劳，母亲就是病不断，而父亲从那以后基本没笑过，石头一样的脸就像手一样硬。他最大的心愿，就是治好母亲的病，看到父亲的笑。于是从这一天起，他每天放学后，都会去后山采石场边上，捡一些色彩形状都不错的石头，在他的木箱里，已经收藏了许多这样的小石块。然后他用自制的工具，去打磨雕琢，随形就形，一些精致的小动物、小物件就从他手间诞生了。那些小动物都有一个共同的特点，竟都是有着微笑的表情，平添了许多趣味。

每到周五只有半天的课，晓岩便带上那些小石雕石刻什么的，步行二十里从镇上去县城，在繁华处叫卖。却也能卖出一些，回来后，他把钱给父亲，父亲的脸上虽然没有表情，眼中却也透出一种柔和，直入他的心里，让他有一种无由的感动。

后来，晓岩的石雕弄得越来越好，也卖出去不少，在县里竟有了小小的名气。也挣了一些钱，便让父亲不要每天都出去采石头，在家照顾母亲，他还给母亲买了一些药。这种情况一直到初中毕业，当他考上县城里的重点高中后，便只好住校了，每月回来一次，拿些生活用品，给父母留下卖石雕所得的钱。走时背上一袋子石块儿，这才是最重要的。在学校里每天放学后的黄昏时分，他会带上石头和工具，去郊外的小河边，开始工作。所以，上高中以来，父亲基本不怎么出去干活了，全靠晓岩一个人卖石雕维持家用。

第一年寒假的时候，晓岩在家里整天弄石雕，有时父亲会在一旁看一会儿，脸上依然冰冷僵硬，一如窗外的冰封雪盖。晓岩一直在弄一个大的工程，他用一大块儿石头雕一个房屋院落，这是极难极费心神的活儿，他却干得很起劲儿。有一天母亲终于看出来了，这正是自家的房子院子。父亲闻言，也仔细端详了半天，然后点燃烟袋，坐在炕上看外面的无边寒冷。

渐渐地，房屋院落里的一些东西也逐渐成形，那些东西却不是在原来的大石头上随形雕刻的，而是用不同颜色的石头搭配，所以多了许多的情趣和生机。再然后，就是房子里的人，灶间的女人，炕上吸烟的男人，还有坐在男人膝上的孩子。神情亦是栩栩如生，女人眉眼间全是喜意，男人则开怀而笑，孩子揪着男人的一只耳朵。母亲看了许久，最后摇头说："不是咱们家！"父亲狠狠瞪了她一眼，说："肯定不是，你有那么年轻？"

晓岩便在一旁笑。竣工的那一日，晓岩邀上父亲一道，用手推车带着这个被他命名为《家》的大型石雕和无数的小石雕去县城。此时正是正月，年的气氛仍浓郁。街上人来人往，脸上都荡漾着幸福。父子二人把石雕摆好，便立刻围过来许多人，特别是那个大型石雕，吸引着许多人的目光。

回到家时天已快黑了，母亲已经做好了饭，自从吃了晓岩买的药，已经很久没发病了，且能干许多家务。当母亲看到两人又把那个大石雕拉回来，便问卖石雕的情况。父亲罕见地激动道："那些石雕都卖了，没想到这玩意儿这么值钱，不就是一些石头嘛！一个小东西就比我砸一天石头还挣钱！"母亲说："你没听儿子说，那是艺术品，不是石头！怎么，那个大家伙没卖掉？是不是要得太贵了？"

父亲一拍大腿，狠吸了一口烟袋，说："你懂个啥？臭小子根本不卖这个！别人都出到一千块了，他说这是自己收藏的，死活不卖！娘的，我出一个月苦力也挣不上一千块！"

晓岩笑着说："这个是咱们的家，留作纪念的，以后我上大学还要带着，就当在家里一样了，当然不能卖！"

母亲说："这真是咱家？看着倒是像，就是人不像！"父亲也磕掉烟灰，探过头来看那石雕，最后摇了摇头。父母都看向晓岩，晓岩说："这当然是咱们一家三口了，是你们年轻的时候，我小的时候！我记得那个时候，妈还没有得病，爸也经常笑……可能你们都忘了当初的样子了！"

父亲和母亲都伏在石雕那儿仔细看，然后互相端详了一下，母亲说："有些像，那时候你的脸还不像现在跟石头一样！"父亲扔了烟袋，又看了会儿，看了看妻子和儿子，脸上竟露出一丝笑意，那笑意不断扩大，像是坚冰消融，又如涟漪荡漾开来。那一瞬间，晓岩心里一热，仿佛回到了儿时的时光。而母亲，却已是满眼泪花。

从那一刻起，晓岩觉得这个家已经是完整的，而不是像原来那般总是觉得缺少些什么。而旁边的那些石头，也在一旁微笑着，像是等着他用幸福的手来雕琢。

• • •

胃里种棵苹果树

街道拐角处，有一间小小的店面，专卖苹果，各种品种、各种颜色，给人一种赏心悦目的美感。店主是一个三十多岁的女人，很朴实的笑容，梳两条古老的辫子，一看就知是从大山深处出来的。别的水果店，各种水果千奇百怪的，只有她，只经营着苹果，有人说，真是浪费了那么好的位置了。

后来，和她渐熟，听她讲自己的故事。

在大山深处，她的家贫穷而偏远。说偏远，是因为她家并不在村子里，而是在山脚下。低矮的草房，陈旧的木栅栏，而那山，也太匮乏，很少产出让人们惊喜的东西。父亲远出山外打工干活，母亲就侍弄着山下几亩薄田，她们姐妹三人，她是最小的。

那时，最高兴的，就是父亲回家的时候。记得父亲第一次从外面回来，带回了一袋儿又红又大的苹果，那可是她们只在书里看到过、在画片里认识过的东西，开始的时候，她们竟怯怯地不敢张嘴去咬。父母舍不得吃，把苹果都留给了她们三个，她们有时硬塞给母亲，母亲却总是偷偷给她们留着，给她们一个日后的惊喜。现在想来，母亲留着的苹果，后来都有些烂了，可是那份香甜却丝毫没变。

两个姐姐大些，很懂事，知道母亲不会吃。于是，她们每吃一个苹果，就把苹果籽儿都留了下来，然后跑到山坡上，把籽儿小心地种下，细心地浇水。她们决定，要种出自己的苹果树，让母亲吃个够。可是一直也没有成功，有时那种子只是发了芽，没长多大就死了。母亲的生日在秋天，起初的时候，她们以为到了母亲过生日的时候，苹果树上一定结满果实了。

母亲的那个生日，她们都哭了，没有能给母亲献上亲手种的苹果。母亲说："等你们以后长大有出息了，妈妈一样会有吃不完的苹果。咱们这穷山，是种不了苹果的啊！"

父亲每次回来，都给她们带回来苹果，母亲依然一个也不吃。她们急了，母亲不吃她们也绝不会吃的。母亲把一只苹果切开来，分成三份，把里面的籽儿小心地挑出来，然后就着水，把那些籽儿全吞了下去。母亲对她们说："看，妈妈把苹果籽儿种进胃里了，妈妈的胃里以后就会长出一棵苹果树，会结出许多许多的苹果，妈妈有吃不完的苹果呢！"

和我讲这些时，她眼睛微微地湿润，说："大姐那年八岁，二姐六岁，我五岁，那时的我们，就相信了妈妈的话。我们心安理得地吃着苹果，却把籽儿都给了妈妈！"

有那么一段时间，母亲常给她们讲那苹果树在胃里的成长情况，长叶了，开花了，结果了，还张开嘴让她们闻，她们那时好像真的闻到了苹果的清香。后来年龄渐长，她们也都知道了母亲的谎言，心里便不由得痛悔，母亲的头发都白了许多，可是依然没有吃过苹果。

再后来，两个姐姐都去山外上学了，她只在远处的镇里读完中学，便回家帮妈妈干活了。一年一年，山上的颜色变幻着，却无法变成心里的梦想模样。一年一年，母亲在风里渐渐老去。甚至，她不敢再面对一只红红的苹果，那样的时候，就会想起母亲吃过的那些苹果籽儿。

两个姐姐终于都从山外回来了，在山上忙忙碌碌的，还带回来一大堆书。她翻看，都是关于种苹果的。两个姐姐告诉她："小妹，咱们一定会把这山变成苹果园！让妈妈天天在园里吃苹果！"她兴奋着，姐姐的行动点燃了她心底所有的渴望。

讲到这里，她的脸上有着发自内心的笑，甜甜的像从心上开出的花。她拿出一张照片给我看，白发的母亲，三个笑着的女孩，身后，是一片苹果园，正是秋天，那一树一树的灿烂，就像母亲皱纹里盛着的温柔笑意，满溢着幸福的芬芳。

她说："现在，姐姐们在家里弄苹果园，我在外面卖苹果，除了这个小店，我联系了许多批发商，从我们的果园里进苹果。我在这里卖苹果，就是想让别人都尝尝我们来之不易的幸福，看着别人从我这儿高兴地买苹果，我心里全是满足，就像过去所有的苦都变成了甜蜜！"

看着她不染纤尘的笑容，心里也暖暖地有了濡湿的感动。也许，那许多平凡的事物，都蕴含着我们热爱生活的理由，而我们常常让世事的风尘漫漶，将许多的美好深埋在心底。就像在看着那张照片时，她一脸深情地说："妈妈当年给自己的胃里种下一棵苹果树，其实是给我们的心里种下了一片果园，才让我们有了希望！"

是的，母亲给她们三姐妹心里种下了一片美丽的苹果园，那些氤氲芬芳着的，都是母亲对她们无尽的爱。

• • •

蓝瓷碗盛不下

刚记事的时候，就知道家里有一个宝贵的大碗，就摆放在高高碗橱的最顶层。那碗极大，在农村叫海碗，碗外壁全是蓝青色花纹图案，看上去很美。我们这些孩子不知多少次被警告，严禁够触那只碗。那碗平时并不使用，只在年节的时候，才会摆放在饭桌的正中央，我们每人都有幸吃上几口里面的菜肴。

年龄渐长，听家里人说，这碗是祖辈传下来的，称之为传家宝也并不为过。祖父那时就常小心地捧着那碗细细端详，想来应该是极珍贵的，不知道多少年传下来，碗上连个缺口都没有，可见每一代人都是细心地呵护。村里人也都知道我家有这么个宝贝，也常有人上门来观赏，那样的时刻，我们脸上全是自豪的神情。虽然那时家里很贫困，可是因为有了此碗的存在，我们走在村里腰杆都挺得很直。

渐渐地，我们惊喜地发现，蓝瓷碗竟还有着许多意想不到的神奇作用。有一次我生病，上吐下泻，吃了许多药也不见好。这个时候，祖父请出了蓝瓷碗，把捣碎的蒜汁放进去，让我喝下。那是我第一次亲手碰触这宝贝碗，竟顾不上蒜汁的辛辣，一口气全喝了下去。说来也怪，当晚就止了泻，第二天就恢复了正常。蓝瓷碗诸如此类的神奇事件还有许多，比如用它盛上少许酒，放里一片止痛片，把酒点燃，待药片化开后喝掉，不知治好了我们多少次的头疼、感冒。蓝瓷碗在我们的心里愈加神秘，就像看小说里的那些法宝。

后来，此碗就引起了风波，险些毁于一旦。祖父极疼爱姑姑，姑姑出嫁时，祖父曾想将此碗作为嫁妆，于是引发了家里人的强烈不满和抗议，大家都认为这是全家共有的宝贝，谁也不能独占，除非卖了钱平分。祖父先是笑，后是气，最后当着全家人的面高高举起碗要摔掉。姑姑拼命阻拦，才抢下了宝碗，姑姑说："我不要这碗，大家都和和气气的就比什么都好！"于是蓝瓷碗躲过了一劫，仍高居于碗橱之上。只是总见祖父盯着它，眼神中透着复杂的光。

听父亲说，在动乱年代，祖父去当兵，多年不曾回来，是祖母一直保护着蓝瓷碗，不管怎样颠沛流离，都不曾离弃。祖父被批斗劳改，也是祖母护着这只碗，虽然那时家里东西大多被摔砸得稀烂，此碗却完好无损。

祖母在我未出生时就已经去世，想来她应该是一个很精明且执着的女人，那些年中没有男人在身边，她拖着一家老小从关里到关外，竟不曾丢掉任何一个人，这是男人都极难做到的事。每当提起祖母时，祖父都会眯眼看着蓝瓷碗，目光里满是柔和的色彩。

我初中毕业那一年，父亲要搬进县城，于是面临着分家。祖父谁都不想跟，自己单过，于是叔叔们开始讨论家产的分配事宜。实际上生活虽然比以前强了许多，却也没有什么家底，大家心之所系的，只有那蓝瓷碗。为此，叔叔们还背着祖父，拿着碗去县城里找懂行的人看了看，回来后都一脸喜色，说了些半通不通的术语，总而言之就是很值钱。只是祖父不发话，谁也不敢打这碗的主意。

在一个冬天的下午，家族里的人全都聚在一起，因为祖父终于要拿出意见了，我们这些小孩子也都站在一旁听着。祖父手捧蓝瓷碗，缓缓看了看他的子女们，说：“这碗你们都知道，是你们的妈留下来的，那些年她拉扯着你们走到这儿，不容易！”一提起祖母，大家的脸上全是想念，眼中都闪着泪光。祖父接着说：“我知道，你们都把它当成宝贝，而我也确实把它当成了宝贝。不过，今天我告诉你们，这碗其实并不值钱，它只是那个年代最平常的碗。可它的确是咱们家的宝贝，那时你们都小，可能不记得了，你们的妈，当年就是拿着这个碗，一路讨饭把你们养活，把你们带过来！所以说我把它当成了宝贝，和你们想的宝贝不一样！”

听了祖父的话，大家全沉默了，没有人不信祖父的话，因为祖父一生都不说谎。最后，大家擦干了脸上的泪，表示要继续保存着这只碗，一直传下去，因为那是真正的宝贝！

如今，蓝瓷碗仍存放在老叔的家里，依然美丽，没有裂痕，那碗虽然空空，却盛满了祖母当年的爱，和我们不尽的感恩之情。

• • •

电话另一端的疼痛

很偶然的一件事。

周末在朋友家里闲坐，说起他的女儿，他和妻子都是一脸的温暖。他们的女儿刚刚考到省城的一所重点高中，初次的分离，他们都很惦念。朋友的妻子此时便越发想念，就拿起手机给女儿打电话。

电话刚一接通，朋友的妻子就一通问候，担心、关爱之情溢于言表，这是一种只有母亲才会有的神情。忽然朋友妻子的话被打断，我清晰地听见电话那头的女儿说："妈，我正忙着呢！你别唠叨了，我都挺好的，不说了！"然后电话挂断。

我看见，朋友的妻子有着刹那的失神，然后脸上满是悲伤之色。我知道，女儿的话可能伤到她了，一个母亲对女儿发自内心的关爱，却不被理解，反而招来女儿的不耐烦，心里肯定是不好受的。

朋友也是沉默，一时大家都无言。过了一会儿，朋友的妻子回过神来，脸上又有了笑意。我问："是不是有些难受了？"

她说："有一些，不过孩子在那边挺好就行了。我是为了另一件事难过！"

原来，她想起了自己上大学的时候，那时还没有手机，宿舍里都装了电话。她的母亲总是在晚上打电话过来嘘寒问暖，她渐渐地就很烦，便总在电话里对母亲表达不满，觉得自己长大了，母亲还像对小孩子一样，特别让人生厌。

可是时光流转，当年的女孩也成了母亲，在一个电话接通与挂断的短短时间，心里却重叠着昔日的情景。也是在这一刻，唤醒了曾经的疼痛。

“只有自己当了母亲，才能体会到那样的心情，我从没想过，当年说的那些话，会让电话那头的妈妈怎样的难受！”她黯然地说。

心下也是沉重。年轻时的我们，那些习惯的话语，不知怎样伤过母亲的心。电话另一端的疼痛，经过漫长的岁月，如今都传到了我们的心上。虽然，母亲会依然爱着我们，我们却在心里一直痛与悔。

不让电话那端的母亲疼痛，多想能早些、更早些明白这一切。

• • •

俯看你的白发

在一个论坛上，有一个贴子的标题是《俯看你的白发》。可是点开，却没有内容。可能楼主忘了发内容了，可是过几天再去看，发现下面跟贴很多，可是依然没有楼主的故事。于是细看那些跟贴，都是讲述自己俯看白发的经历，很是令人动容。

有个人讲，他十五岁的时候，有一次去外地上中专，母亲送他去火车站。候车的时候，母亲忽然蹲下身，原来他的鞋带松了，母亲给他系鞋带。那一刻，他俯看着母亲的头发，忽然发现，原来母亲已经有了好多的白发了。当时他少年的心里就涌起很复杂的一种情感，有心痛有感激，一下子有了想要流泪的冲动。那是他第一次看见母亲的白发。现在的母亲，头发全都白了，他总会想起少年时，母亲弯下腰去给自己系鞋带，那些白发怎样刺痛了他的双眼。

一个女孩说，她八九岁的时候，有一次看见父亲头上有白头发了，就让父亲坐下，她站在椅子上给父亲拔白发。每一年，她都会给父亲拔白发，那时她还很奇怪，父亲那么年轻，怎么就有白发了？就这样，她一年年长大，却发现，父亲的白发越来越多，最后已经拔不过来了。而且，她一年年长高，从最初站在椅子上，到最后她站在地上就可以俯看父亲的一头白发。她很是伤心，因为自己的成长，把父亲催老了。

而让我动容的，是这样的一个故事。他说，他从少年时头发就全白了，是典型的少白头。那时母亲为了他的头发，可是操了不少心，去各大医院，还四处寻找偏方。几乎每天，母亲都会把他拉到身前，低头看他的头发，看有没有变黑的迹象。如果发现哪根头发根部变黑了，母亲会非常高兴。这样折腾了好多年，他的头发终于一点点地变黑了，而他的个子也已经比母亲高了。他第一次低头看母亲的头发，发现已经白了许多。而现在，母亲的头发已经全白了。他有时会想，是母亲把一头黑发给他，与他交换。他也常常俯视母亲的白发，一如当年母亲看他般。

忽然想起，在我小时候，有一次下雪，很大，漫天的雪花密密麻麻扑落。那时父亲还很年轻，冬天时常去冰冻的江面上，凿出冰窟窿来捕鱼。那天他回来时，天已经快黑了，他一进门，满身满头的雪。我叫父亲快弯下腰来，用手拂着他头上的雪。那时还不会想到，岁月的大雪终会染白父亲的发，我再也拂不落那一头雪花。后来一直在外地上学，然后毕业在外地工作，回家的次数很少，发现父亲的头发好像瞬间就全白了。在我的记忆里，仿佛昨日，父亲还是年轻强壮。时光的河流深深远远，终会将我们亲人的发洗白。

在贴子的最后，楼主终于出现。她说，她发这个贴子，只想看看别人的故事，发现所有人的故事都有着同样的情感。她用一句话结了尾：白发的芬芳。是的，在白发的芬芳里，我们就是最幸福的孩子。

• • •

长大后，我就害了你

一

回忆如鸟乱飞，盘旋在母亲的白发间。

由于先天不足，出生后，我便一直身体羸弱。大病缠身，小病不断，记忆里，便是各种苦涩的药片、药水，以及各个医院病房里凄凄的白，还有母亲眼中的痛和脸上的笑。

就这样跌跌撞撞地成长起来。其中几度挣扎在生死的边缘，那些惊心动魄，在幼小的心中并没有太深的印痕，可是，多年以后在母亲平静的叙说中，我仍能感受到她心里的惊涛骇浪。

有一年夏天，我的病情突然严重。住在遥远的乡村，父亲远在外地工作，家里只有母亲。那个夜晚，下着那么大的雨，母亲去别人家求马车，好送我去镇上的医院。这样的天气，这样的深夜，没人愿意出来。最后，母亲背起我冲出了门。那时只是昏昏沉沉，九岁的我伏在母亲的背上，周围是无边的雨，如身处颠簸的船。

二十里的土路，泥泞如沼，母亲跌倒了多少次，已经记不清。只是清楚地记得，她跌倒的时候，都是向前，俯在泥里，仍然使我稳稳地伏在背上。

那个遥远的夏夜，这只是无数次中的一幕。母亲早早地驼了背，是我的生命一直压迫着她。当我终于挣脱所有的病痛，长成青年时，母亲的发却早已白了。时光于母亲而言，如一道道险峻的山冈，又似一条条沉重的河流，无数次地跋涉，终于带着我走到了碧草如茵的生命绿洲。

而长大的我，再回头看母亲，再也不复当年。我长大了，母亲却早早地憔悴。是我的病害了母亲，让她日夜悬心，在最美的年华里，她的一颗心为了我反反复复地欣喜、悲伤。母亲，是我成长过程中最大的代价。

二

少年时日子艰难，又多病，母亲一个人种着那几亩地，父亲在外历尽艰辛，也难填家中的深壑。而在这些用钱的坑里，我就是最深的一个。

到了上学的年龄，走进校门，沉重的书包里，有着太多母亲的付出与寄托。从小学到大学，算不清在我身上花了多少钱。对于有些人、有些家庭来说，那些钱也许微不足道，可是在我的心里，却重得让人辗转。

除了家里的农田，母亲还经常去给别人家干活，从种到收，日复一日，年复一年，轮回中却无怨无悔。多少次，她晕厥在稻田地里，手里还攥着待插的秧苗；多少次，她坐在田埂上，站不起身来。她的头上，顶过明晃晃的日头，也顶过暴雨；她的背上，驮过辣辣的阳光，也驮着密密的汗水。就这样熬白了发，就这样压弯了腰。

别人家的孩子，像我这么大，早已成为田里的一把好手。而母亲却从没让我去地里干过活，因为我身体弱，更因为她想让我有更多的时间学习。我曾为此自责过一些日子，渐渐地也习惯了这种生活，习惯了母亲一个人里里外外地忙碌。

当我考上远方的一所大学，离开家乡的时候，看着车窗外的母亲，她的脸上带着那么欣慰的笑，仿佛白发也散发着芬芳。我知道，她的劳苦还没有过去，整个的大学生活，她还要为我操劳着。在人流熙攘之中，忽然就看见了母亲额角的一块疤，那么清晰地映入眼中。那是前年的夏天，家里的一头猪走失，母亲连夜走了近三十里的路，才找回来。额上的伤，是在路上摔的。那一刻，那块疤，成了我心里永远的痛。

我也知道，那些年的劳动，让母亲落下了一身的病。可她从没把自己的病当回事，最严重的时候，也只是吃上几片止痛片。我的学费，我的医药费，在她心里，永远是第一位的。

终于去上大学了，终于长大，母亲已是一身伤病，是我的学业害了母亲。

三

和所有穷人家的孩子一样，在我的青春期里，有着敏感的自卑和脆弱的自尊。曾经有那么一段日子，特别是初到县城上重点高中的时候，由于汇集了全县的优秀学生，我原来在学习上的优势一下子便没有了，而且成绩排在后面。唯一可以自豪的东西失去，仿佛涸泽里的鱼儿失去了最后一滴水，世界全是白眼冷遇，以及一种渐渐绝望的心境。

经过努力与挣扎没有明显的效果后，一度放弃，别人的冷嘲热讽，刺激得我欲疯欲狂。终于，开始用另一种方式捍卫尊严。虽然身体瘦弱，可是我的拳头还算是硬的吧，就算拳头不够硬，还是可以拼命的吧。那些日子，我就用自己的拳头砸向每一张对我鄙夷的脸。

当别人看向我的目光由不屑变成恐惧，我心里却没有一点满足感，反而是更深的落寞，因为我知道，那些人深藏在心底的，依然是不变的鄙夷。他们躲着我，并不是怕我，而是，我就像垃圾一样，他们怕脏了自己。

后果马上就出现了。由于多次严重违纪，被学校开除。我是这个重点高中里，这些年中，第一个被开除的学生。那一刻，才有一种惶惑，并不是因为失去了学业，而是不知该怎样面对母亲。不知从什么时候起，忘了母亲的感受。不敢想，她那伤心失望的脸。

母亲来到学校，并没有像太多父母那样求着老师领导，她只是默默地帮我收拾行李，只是在临走前，非要我带她去班里看看。从没见母亲这样执着过，只好来到班级。当时，班主任老师正在上语文课，看见我们，她走出来，母亲说："我想和儿子的同学说句话！"

我震惊，我的母亲，长年在农村，这个时候，却要当着这些人，说些什么。我不知她会说些什么，只是木然地站在门口，看着母亲走向讲台。她看着下面每一张脸，就像看着自己的孩子，然后她说："孩子们，我替我儿子说声对不起！"然后深深地鞠了一躬，她转向我们的班主任，同样地一躬。母亲走出来，拉着惭愧的我，慢慢地走，身后的教室里，忽然响起了一片掌声。我垂着头，任泪滴在这片只生活了不到一年的土地上。

母亲没有半句怨我骂我的话，回到家里，她依然不让我去田里干活，说虽然不学习了，也要好好养病。满心的愧和悔，最后，终于又进了镇里的高中。这回的学习，是真正的努力，再也不去看别人的脸。因为，我深深地知道，母亲的心里有多痛。那么多的努力，只是为了换来母亲真心的笑。

终于走回阳光下，回望那一片泥泞，跌倒的不只是我的青春，还跌碎了母亲的心。那种累比之田地里的劳作更为艰巨，要不母亲的发，怎么会白得那么快，母亲的皱纹，怎么就如那些大地上的田垄，层层不绝。

在成长的过程中，是我的任性与自卑，害了母亲。

四

如今的母亲，已垂垂老矣。风霜铺满来路，沧桑漫卷，日子如云聚云散。是的，是的，是我的成长岁月，害了母亲。可她还在为我操心着、挂念着，这一生，无法回报万一。我这半生，注定是要害了母亲的一生了。

而母亲的脸上，永远是平和与欣慰，仿佛一切的代价，一切的付出，都是云淡风轻，自然而美丽。直到我有了自己的孩子，才更真切地明白，如果孩子的成长，注定要我付出，要我受伤，我宁愿去做，因为，那是最甜蜜的事，最深沉的爱。

• • •

你想见谁最后一面

一个夜里，于噩梦中惊醒，冷汗遍体。梦中的我走到了生命的尽头，弥留之际，见亲人们都在身边，有人问我想见谁最后一面，一时竟是不得闭眼，就醒在那一刻。却再也无法入睡，如果真的走到那个时刻，我最想见到谁？

爷爷去世的时候，只有叔叔一个人在身边，爷爷就是不咽下最后一口气，后来叔叔问他想见谁，他却说想见自己的弟弟。爷爷共有十个兄弟姐妹，他从小被过继给了自己的叔叔，他和那些兄弟姐妹也很少走动。后来，爷爷自己远走他乡，离开了他的那些亲人，几十年没有联络。而在最后的时刻，他却想起了自己最小的弟弟。

我不知道在爷爷的心里，他的弟弟占着怎样的位置，而曾经他们兄弟有着怎样的情感，也无法去想象。也许，当生活的种种即将消散，当生命简略得只剩下最后几分钟，留存在心里的那个人，才会于岁月流尽后显露出来。或许早已淡忘，或许当初并没觉得有多重，羁绊除尽，才会于最后的瞬间明白。

有一个朋友，去年去世，他才四十出头，患癌症。那是很炎热的一天，我们在他病床前，送他最后一程。他很清醒地看着父母妻子，还有十三岁的女儿，有着无尽的眷恋和不舍。他看着他的亲人和朋友们，久久无语，他的母亲问：“你还想看谁？去给你叫来！”朋友收回目光，仿佛陷入沉思中，渐渐地，目光涣散，家人都叫他，他最后看了一眼亲人们，嘴里喃喃地念出了一个名字，然后闭上了眼睛。

那是一个很陌生的名字，亲人们都不知那是谁，和他是什么关系。可那却是在唇间含着的最后一个名字，是心里最后想着的一个人。不管怎么样，临死前能有一个想着的人，这一生，不管多短暂，都应该是圆满的。

而有时，有的人在那一刻想着的那个人，让人很是感慨而感伤。曾经认识一个女子，她一直都很不幸，处了个男朋友，后来男朋友弃她而去，不知所终。可是，她发现自己怀了孕，不舍得做掉，就把孩子生了下来。她决定一辈子也不嫁人，就和孩子一起生活。那个小女孩极聪明可爱，口中常出大人语。可是，孩子生下来就是先天心脏畸形，缺少左心室。医生说随时都会有生命危险，磕磕绊绊地长到六七岁，这期间，孩子不知多少回走到了生死的边缘。孩子大些后，她就带着孩子去各地求医，才三十出头的女人，看起来却憔悴得像五六十岁的样子。

女孩不只一次问过她，爸爸在哪里，为什么别人有爸爸我却没有。那样的时候，她都会对女儿说，爸爸在很远的地方。那时，她有个男同学，一直关心她，没有别的，只是最好的朋友。男同学经常给她力所能及的帮助，女孩看在眼里，也曾问过，那个叔叔是我爸爸吗？她会断然否定，然后把女儿拥入怀里，再次告诉她，爸爸在很远的地方。

女孩八岁那年，终于走到了最后。她吃力地对母亲说：“我想再看看那个叔叔！我想说，我爱他！”她不停地流泪，知道女儿一直认为那个人就是她的爸爸。她就让女儿带着这份想念闭上眼睛，她知道，女儿的心里是圆满的，女儿以为找到了爸爸。那个最后她想见的人，是她想念中的爸爸。

小小的孩子，心里也沉沉地装着一份挂念。我们每一个人，在临死前，可能都会有着一个想见到的人，为自己的这一生画上一个无悔的句号。即使见不到最后一面，能想到，也是一种无悔。

再去想昨夜的梦，依然没有回忆起当时我想起了谁，也许，只有真的到了那一刻，才能明了自己的心中所想。只是，不管那时想见谁，都一定牵动着这一生的某种情感，只要有那种真实的情感存在过，就是无悔的了。

• • •

那些补在心上的暖

前几个月回老家，收拾东西时，发现一个箱子里装的，都是两个女儿很小时穿过的衣服。有一年的时间，两个女儿都是在奶奶家里。母亲对两个孙女的照料无微不至。一件件翻看那些小小的衣衫，仿佛女儿们成长的点滴在此处被补缀得极为完整。

而且，我发现，有的衣服上竟有着补丁。从没见过女儿穿过带补丁的衣服，我知道，那都是母亲后补上去的，虽然孩子们不会再穿，可是，她却依然让衣服完整。那补丁也比我记忆中童年衣服上的好看了许多，各种彩布，各种形状，有的与衣服浑然一体。看着这些补丁，仿佛看到了岁月深处，那些散碎的日月流年。

现在的孩子，再也没人穿着带补丁的衣服了，他们的新衣服那么多，就像每天都开出不同的花，却是见不到花儿的陈旧与破落。而我的儿时，在黑土地的乡下，本就不多的衣服上，却是常常带着补丁。仿佛我们成长的身体都带着尖刺，那些结实的粗布衣服都会被不经意地刺出一个伤口。于是补丁便开始在衣服上生长，一如那一堵土墙，在太阳的脚步移动中，上面渐渐开满了树影。

那时并没有觉得带补丁的衣服有多难看，我们都心安理得地穿着，在风起雨落中走过一年又一年。依然记得，在昏黄的烛灯下，母亲缝补的情景，满心的温暖。现在想来，虽然那时生活贫困，可是心里的幸福快乐，却从没有少过。那些补丁的色调和衣服本身虽然格格不入，却从没感觉别扭，反而补丁越多，越有些骄傲的情绪，觉得母亲比别人的母亲更勤劳。

后来，衣服上的补丁终于越来越少，就像那些曾经的花儿依次谢落，却再也不会重新绽放在我的岁月里，一种空落落的眷恋。再后来，成长的色彩弥漫，那些补丁也飘摇成很少想起的过往。去城里读高中后，所有的衣服上早已没有了补丁的痕迹。有一次，一件衣服在打球时划破，便没有再穿，周末时拿回了家里。母亲很是可惜地说，这么好的衣服，补补还能穿。只是，我却固执地不让，母亲也没有不高兴，还说孩子长大了知道好看难看了。

不久后，一个同样是家在农村的男生，有一天便忽然穿了一件带补丁的衣服，那补丁就在肩上的显眼处。面对许多城里学生异样的目光，他就那么坦然地坐在教室里，眼睛清澈得像六月的河流。只是，那一刻，那块补丁却刺痛了我的心，觉得自己很惭愧，仿佛丢掉了什么最珍贵的东西。

及至再回到家里，看着父亲穿着那件被我扔掉的衣服，衣服上的破处，是一块熟悉的补丁，心里再度疼痛。离那些无忧的岁月越来越远，有些丢掉的，却是怎么也找不回来。可是，在更是无比怀念母亲针线在衣上穿梭的时候，却是在十多年以后，我在一个工地上当力工。工作服经常破损，我就自己借来针线，没有可以用来缝补的布片，只好用线将破处边缀起来。想起曾经的童年，对比现在黯淡的心境，仿佛曾经的每一块补丁，都是我借以焐热寒冷境遇的温暖。

一个很暖的午后，母亲竟来工地看我，看着我身上七零八落的工作服，便立刻帮我脱了下来。在她随身携带的布包里，针头线脑，布片纽扣，一应俱全。隔着那么多的岁月，再次看到母亲为我缝补衣服，母亲专注的神情依旧，可是，那发间却已泛起了雪白。穿上母亲缝好的工作服，在工地上干活，心里一直涌动着暖意，忽然觉得，生活并不是那么凄凉。

去年的时候，有一次和母亲逛街，忽然便发现母亲一直盯着一个行人的衣服看，那是一件很新潮的衣服，肩上有一处不同颜色的，极像缝上去的补丁。母亲就看着那一处，眼神飘忽着。我知道，她想起了曾经的日子，那些时光在她心上流过，如我般，留下了不可磨灭的印痕。

有一次，和一些朋友聚会，大家就说起了童年，也说起了带补丁的衣服，从而说起了各自的母亲。其中一个，他的母亲刚刚过世一年，他听我们讲着，最后，他说，现在才在很痛的回忆中明白，失去了母亲，岁月便会有着永远弥补不了的苍凉。

是啊，母亲就是在我们艰难时，添进我们心头的一份暖，一如当年，她给我们缝下的那些补丁，幸福着所有成长的年月。

• • •

画个月亮映暖思念

那一年的中秋节，我才十几岁，父亲常年在外地工作，有时过春节都不能回家团聚。可这一次，他老早就来信说要回来过中秋，这让我们既欣喜又期盼。

一直盼到过节的那天，父亲也没有回来，我们都在互相安慰着，也许他正在途中。那时没有电话，更没有手机，我们能做的，只是守着母亲做好的饭菜静静地等。一直到了晚上，父亲终是没有回来，母亲说："你爸忙，可能临时又有事脱不开身了，咱们过节吧！"

夜幕早已垂下，却是没有月亮，一整天都是阴云密布，一如我们的心情。月亮和父亲一样，终是没有出现。默默地吃着饭，都有些失落，大姐说："咱们这儿阴天，没准儿爸爸那里晴天呢！可能这时候他正看着月亮想我们呢！"

二姐忽然跳起来说："不如咱们画个月亮吧！咱们也看着月亮想爸爸！"那时二姐正在迷《聊斋》，这个创意当然是出自里面崂山道士的故事。我们都欣然，于是找纸找笔，用圆规画了一个极大极圆的月亮，涂染成淡黄色。可是我们没有崂山道士的本领，不能让它贴在墙上熠熠生辉。还是大姐有办法，她把那个纸月亮贴在一个墙洞上，在墙洞里点燃了一根蜡烛。

熄了灯，那个月亮便亮了起来。那一刻，我们竟全都无言，注视着那一团黄晕出神，我知道，大家的心里，都在想着远方的父亲。是的，父亲，我们在这个团圆的夜里，也在看着月亮想你。

后来，父亲回来了，这件事我们谁也没有告诉他，只是说中秋节的晚上，我们看着又大又圆的月亮，想他。渐渐父亲有了疑问，说那天晚上不是阴天吗，哪儿来的月亮？

去年中秋节的时候，全家难得地团圆，这是我和姐姐们各自成家以来，聚得最全的一次。气氛十分美好，就像窗外那轮静静的满月。大家回忆着从前的点点滴滴，幸福如潮水般将每一颗心湮没。

忽然，二姐说："爸爸，你知道吗？那一年的中秋节，我们画了一个纸月亮，那是我见过的最美的月亮了！"

父亲一愣，问："什么纸月亮？"

我们相视而笑，窗外，温柔的月光正将千家万户照耀。

咋不见草垛里的烟锅点太阳

“咋不见着了火的红高粱/咋不见平坦坦盘腿的炕/咋不见风雪里酒飘香/咋不见草垛里的烟锅点太阳……”

偶然听见一家商店里放着这首很古老的《天上有没有北大荒》，遥远的村庄，许多的过往，忽然被一一点亮，在心底氤氲成最温暖的云烟。仿佛看见爷爷倚在草垛旁，任手中明灭的烟袋点亮了天边的第一颗星星。

那时村南是一大片荒甸，直接松花江，秋天的时候，甸子里热闹起来，来往打草的人，高高堆起的草垛。近处的，都是一些过冬的草料，喂牲口用的，临近江边的远处，都是一些打苫房草的，那草细长笔直，金灿灿的，中空，很是壮观。爷爷带着我和老叔，便是到甸子深处，打苫房草。银亮的钐刀收割着那一片片金黄，时常惊起一些偷偷寻食的田鼠，一些不知名的鸟低飞着，时而用尖尖的嘴去啄食草籽。

看着一大片伏卧在地上的草，我们坐在土坎上抹着汗，看远处的大坝绵延到远方。有涛声随风入耳，还有空气中一种植物成熟的气息扑鼻，两匹白马在不远处啃草，甩着尾巴驱赶着一群围绕着它们的蚊蝇。割倒的草，还要晒上几日，待干透了，才能打捆运回。不远处，是一个用草搭起来的小窝棚，晚上的时候，我和老叔或者爷爷就在那儿睡。

夜里的草甸比白天更热闹些。有一个晚上，月亮很圆，澄澈清透，银辉满溢，整个草甸如在水里。长风流淌，蛙声盈耳，在窝棚里躺了一会儿，睡不着，就和老叔来到大坝上坐着。仿佛离月亮更近，一江流水波光闪亮，近岸处不知谁下的迷魂阵里，时有鱼儿在月光下高高跃起，溅起亮亮的波纹。有时会有几声长长的狼嗥，于是风静蛙静，几息之后方又恢复喧嚣。

更多的夜晚是和爷爷一起在甸子上度过的。爷爷睡得晚，有时候我从睡梦中惊醒，向窝棚外看去，爷爷仍倚坐在那小草垛旁，烟袋锅上的亮光闪烁着，无月的夜里，就像天上的星。于是心下安稳，再不去想那些狼，沉沉睡去。有时早晨醒来早，天还没放亮，爷爷就已经起来了，依然在那里抽烟袋。直到那一点亮光掩去了天上的星光，点亮了东方的天际，他才站起身，走到空地上，在鞋底上磕尽烟锅里的灰烬，开始翻动晾着的草。

多年以后，常常回想起爷爷抽烟的情景，特别是在那样的荒甸之夜，那一点亮着的火光，让我消散了许多的恐惧之心，让我有着特别安稳甜蜜的梦境。从没想过，那样的一个情景在今天会成为梦中的一个片段，让我于醒来时的午夜，心于都市的高楼霓虹中，飞回那一片魂牵梦绕的甸子。

后来，爷爷去世后，就葬在了松花江边，身后就是那一片大草甸。有一年的正月十五晚上，我和老叔去给爷爷坟上送灯，在坟前，想起曾经的种种，举目萧萧，却再也寻不回曾经的梦与欢乐。回去的时候，夜色沉迷，圆月高悬，无尽的凉意。走出很远，回头望，爷爷坟前的灯火越发变小，恍惚间，觉得那是爷爷依然坐在那里，手里拿着烟袋，望着那一片熟悉的苍茫。

前年回去扫墓，近二十年的时光，如江水消逝，可是那片草甸却没有了，变成了大片大片的稻田，心中有失落，永远也找不回的从前，永远也走不回的过去。而我也早离开了故土，“美丽的松花江/波连波向前方/川流不息流淌/夜夜进梦乡”，依然是那首《天上有没有北大荒》，遥想爷爷长眠在江畔，守着那一段古老的岁月，就如我，水阻山隔之外，心中也一直守着那一脉温情与美好。

再也见不到，爷爷的烟锅点亮太阳，那一点闪闪火光，却一直在心里，常常在寒冷时，在孤寂时，点亮所有的往事，让我的心于温暖中，濡湿成生命中最动人的暖流。

• • •

秋千飞

周日，带女儿去家门前的水上公园玩儿，人多，小孩子们都聚集在那边的秋千架旁。几个秋千上都有孩子在悠荡，许多大人在为自家的孩子排队。女儿也要玩儿，我们便在那里排着。

身前一个头发花白的老大娘，牵着一个七八岁小女孩的手，也在静静地等。小女孩不时地说："奶奶，别着急，前面没几个人了，很快就轮到咱们了！"奶奶只是慈祥地笑，脸上的皱纹里盛满了浓浓的爱意。前面的人越来越少，小女孩很激动的样子，拉着奶奶的手又蹦又跳。

终于，排到她们了。出乎我意料的是，小女孩并没有雀跃着跑向秋千，而是领着奶奶来到秋千旁，扶着奶奶坐到秋千上，叮嘱着奶奶要坐稳、抓紧铁链。然后开始轻轻地推动秋千，幅度很小，过了一会儿，她问："奶奶，我再推高点行吗？"奶奶点点头，于是秋千渐渐荡高起来。

我对小女孩说："奶奶岁数大了，别悠那么高，她会头晕的！"

女孩一笑："没事儿。我奶奶喜欢，她就想尝尝飞起来的滋味！"

女儿问我："爸爸，都是大人带小孩来玩儿，这个姐姐怎么带着大人来玩儿呢？”的确，许多人都在向这边看着，是啊，一个小孩子给奶奶荡秋千，本来就挺让人奇怪的。

小女孩很开朗，和我说了好多。她奶奶已经六十多岁了，身体也不是太好，可还是很艰难地替儿子照顾着孙女。女孩渐渐长大，就分不清谁照顾谁了，总之两个人是分不开了。

女孩说：“以前每次来公园玩儿，我都让奶奶坐在长椅上休息，自己玩儿够了再去找她回家。我爱玩秋千，有一次奶奶问我秋千好不好玩，是什么感觉，我就说感觉非常好，就像飞起来一样！”

这时，奶奶的秋千已经荡得很高了，她丝毫没有不适的样子，眯着眼睛，脸上挂着满足而欣慰的笑意。

我说：“你奶奶很喜欢荡秋千呢！”

女孩说：“是啊，我奶奶最喜欢飞的感觉了。她特别羡慕那些天上鸟儿虫儿什么的，常问我它们怎么样飞。我就知道她也想体验一下。后来她又总和我说起秋千，我猜她也想试试。所以今天就带她来排队了！”

我抚了抚她的头，“真是个懂事的好孩子！”

女孩有些害羞地笑，说：“我爸爸妈妈不在身边，一直是奶奶带着我，她也挺累的，我也想让她轻松一下！”

我不语，看着秋千上的白发飞扬，心被温柔地击中。终于，秋千停了下来，女孩把奶奶搀下来，小声地问，奶奶只是笑。女孩对我说：“叔叔，让你家的小妹妹玩儿吧，我要带奶奶回去了！”

我微笑挥手，走出几步，女孩回过头来说：“叔叔，忘了告诉你，我奶奶是盲人，什么也看不见！”

秋日的阳光从高高的天上洒落，心里充盈着一种温暖。转过头，见女儿还在秋千旁站着，她对我说：“爸爸，快坐上来，我也带你轻松一次！”

• • •

从此是孤儿

在一次聚会中，有一个新来的朋友，三十多岁的样子，大家对他都不熟，他也沉默，且有几分伤感的样子。他的自我介绍也很简单，说了名字，又补了句，我是孤儿。我们释然，怪不得他有几分寥落，也能理解他的沉默。

记得上小学时，班上就有一个孤儿，也是很沉默。她父母早逝，从小就是吃百家饭长大，住在村部的一个屋子里。虽然那个年代，我们心里都很单纯，并不存在歧视或者别的什么，可她依然很少与我们交往。也许，并不是她对我们有什么想法，只是她内心深处，便刻着某种印痕，或许是一种缺失，或许是一种遗憾。

后来我们一起读到高中，她的沉默与孤单就更显现出来了。在城里上学，对于城里的学生，连我们都有着一种自卑，别说是她了。好在平时大家都忙着学习，即使她格格不入，也没什么太大的影响。班里有个男生却对她很好，我们都能看得出来，那个男生是真心的，不存在任何同情。可是她也不理会，只是淡淡的，就像世界只有她自己存在。

那个男生有一次煞费苦心地打听到她的生日，送了一个日记本给她，她却没要，说："我是孤儿，哪来的生日？"那一刻她似乎很生气，也许，她想起了别人的生日，都是父母记得，而她只有自己，却不一定知道那个确切的日子。自那以后，那个男生再也没有找过她，也许，他觉得自己不会融化这一块寒冷的冰。从此，她就更是只身单影，双肩低垂，仿佛背负着一份重量。

高三的时候，有好些天，那个男生没有来上学，听说家里有些事。再来的时候，我们发现他憔悴了许多，而且好长时间都是不开心的样子，和以前阳光灿烂的他判若两人。一个月后，正是冬天，自习课上，他收作业的时候，经过她身边，说："我现在也是个孤儿了！"虽然声音很轻，全班却都听得很清楚。他说完，就走开了，只留下她惊讶、狐疑。

原来，男生的父母在一次车祸中双双遇难。所以他说自己成了孤儿，而比之那个女同学，又更多了一份痛彻心扉的生离死别。女生的凄凉是与生俱来，而他却是猝然而至的孤单。他们后来没有故事，只是那个女生却改变了许多，至少看起来没有那么清冷了。

而我一个朋友也曾说过类似的话。那是一个五十多岁的老哥，他母亲去世的时候，我们去帮他忙母亲的后事。后来事情忙完，我们陪着他，他很伤心，对我们说："我爸死得早，老妈又走了，以后我就是个没爸妈的孩子了！"那一刻，那一句，沉沉地落进我们的心底。

就像有人说过，不管年龄多大，只要有妈在，就永远是个孩子。哪怕经历了再多的世事风霜，经历了再多的人世沧桑，失去了父母，也会有着难以弥补的凄凉，仿佛世界一下子就空了，不可排遣的孤单。即使后来慢慢习惯了没有父母的日子，也总会在无助时，在某些不可预料的时刻，心底涌起浓浓的眷恋与怀念。随着时光的流逝，我们每个人，都会变成孤儿，在这个世界上，再没有那两个人的爱围绕在身畔，总要自己去走剩下的路。

后来再聚会时，再次见到当初那个自称是孤儿的新朋友，他已经开朗了许多，他和我们解释，上次见面的时候，他母亲刚刚去世，所以心情没有调整过来。我们都理解，他当初的话也一直记在心上，世界上又多了个孤儿。

所以，珍惜有亲人相伴的日子，珍惜我们的父亲母亲，好让美好的回忆，去温暖以后成为孤儿时的所有日月流年。

第2辑

风中嗅到每个人的香

fragrant

层层叠叠的思绪，荡漾着细细碎碎的情节，

那些在过往里深情着的，总会在某个瞬间，如忽然花开，

如云破月来，唤醒许多珍贵的美好。

• • •

唯爱永恒

总是听人说，我会爱你一辈子，或者我会恨你一辈子，其实都很难保持一生一世。如果说真能一辈子，那么只有爱，恨只是一时之气。有时一个当初你恨之入骨的人，多年以后站在你面前，你或许连名字都已经模糊，当年觉得刻骨铭心的恨，甚至已想不起是为了什么。

每个人的心底，都会珍藏着一些与爱有关的片段，无论是哪一种爱，都会永远留存，与生命共行止。就如我的祖母，当初我们一直以为她和祖父是没有感情的，因为祖母博学而多才，祖父却是基本大字不识几个，或者两个人就是那个年代不幸婚姻的代表。祖父去世后，祖母也没有显得有多悲伤，这更确定了我们的想法。祖母有一个小红木箱，是她一直守护着的秘密，我们猜想，那里一定有着一段她错失的刻骨铭心的爱恋吧。直到祖母也去世，我们才得以打开小木箱，里面有一本《宋词三百首》和一些字笺，看书的扉页上歪扭的字迹及署名，才知道竟然是祖父送她的。而那些字笺上，都是一些祖母自己填的词，字句之间无不透着对祖父的思念。那一刻，释然的心中充满感动。原来有一种爱并非要挂在嘴边表现在脸上，就在那些平淡平凡中，不知不觉山高水深。

有一年，松花江涨大水，我参加了救援队。驾船行驶在被淹没的村庄里，搜寻那些没来得及撤走的人。就发现一个小女孩漂浮在水面上，手被紧绑在一截露出水面的木桩上。待救下孩子，那孩子却兀自指着水下喊着爸爸妈妈，我们分析可能下面还有人。于是潜水员潜入水下，上来后告诉我们，下面真的还有人！水下是一户人家的院落，木杆的底部倚在院墙的拐角处，而一对男女早已气绝，却仍紧抱着那木杆，让它在急急的水流中得以稳定。当那对夫妇连同那根木杆被打捞上来时，他们仍保持着紧紧抱住木杆的姿势，怎么也分不开。我们都被震撼了，想象着大水来临的那一刻，他们怎样将孩子绑在木杆的顶部，又怎样将木杆竖起，又怎样在大水与死亡中，仍紧紧地将木杆扶稳。我想，我们在场的所有人都会铭记这个情景，永世不忘。

是啊，太多这样让人震撼的爱了，我们于书中会读到许多。而故事给予我们的，或许只是一种感动，只有自己亲临目睹，才有着一种直入心灵的震撼。前年的时候，我曾亲眼看到一起车祸。当时正行走在街上，一辆失控的汽车撞向人行道。速度极快，人们纷纷躲闪，靠近建筑的墙边，有两个三十岁左右的男人正在并肩行走，那车便直撞过去。这时，其中一个男人将另一个猛推到一边，那车却直撞在他的双腿上并挤撞在墙上，惨不忍睹。我们也被这一幕震惊了，那个被推到安全位置的男人扑过去，大家围拢过去，报警的，叫救护车的，热心人都尽着自己的力。

等救援的时候，被撞的男人已经苏醒过来，看了眼自己已经扁得变形的双腿，吃力地扬起手，手中拿着一个纸袋，努力地笑了一下，对身边那个手足无措泪流满面的同伴说："以前我要给你买鞋，你不要，这回我再也穿不着了，咱们的脚一样大，你该收下了吧？"那同伴泪流得更凶了。他告诉我们，他们是一个单位的，是最好的朋友，他生活很贫困，可是自尊心极强，朋友的帮助他从不接受。本来今天出来是陪朋友买鞋，可现在才知道，朋友原本就是要给他买鞋的。我听了，竟有想哭的冲动，以前的时候，总说友情如何，却常是难以深信，可是从今天这次事故中，我却看到了友谊的伟大。

原来世间的每一种爱，都可以成为永恒。这让我想起当年的庞贝古城，1900多年前，维苏威火山大爆发，繁华的古城被火山灰吞没。火山灰冷却后硬如水泥，一个昔日的城市就这样消失了。1863年的时候，庞贝古城被发现，再临天日，当年的一切都展现在世人面前，包括那些已成为木乃伊的人们最后的一刻。让人动容的是一家三口，那是一座依然完好的房子，当火喷发时，男人带领抱着小孩的妻子向不远处的一个地洞里跑去。可是刚跑上台阶，地上滚烫的火山灰便使他倒了下来，在生命的最后一刻，他竭尽全力地抬起身，转头去看自己的妻子和孩子。妻子和孩子倒在他身后几米远的地方，他还没来得及心痛，铺天盖地的火山灰便将一切掩埋了。

时隔一千九百多年，那个男人还在回望自己的亲人，而那个女人，依然在用身体护着身下面的孩子！他们用一个悲情的瞬间塑造了一个永恒，凝结了太多的爱与挂念。在近两千年的沧桑后，依然温暖着我们的眼睛。我知道，那三具木乃伊，已成为一座爱的丰碑，会永远矗立在我们向往美好的心间！

• • •

手心拿花，手背抹泪

那时候，邻家姐姐是我们的偶像，让我们佩服得一塌糊涂。起初的时候，我们都还没有这种想法，甚至有些瞧不起邻家姐姐，只是父母不停地念叨，在我们这些孩子心里硬生生地树起了一个榜样。后来渐渐地，我们就改变了看法，真心实意地敬佩起来。

那时我们才十一二岁，邻家姐姐比我们大上几岁。她总想带我们玩儿，我们却谁也不想理她。她长得很一般，甚至有些难看，我们都喜欢美丽的大姐姐，每次她要带我们时，我们都四散而逃，只把她孤零零扔在风里。她呆呆地在那里站上一会儿，便甩开大步跑了，我们知道，她一跑就是很远。

邻家姐姐十七岁那年，做成了一件让我们刮目相看的事。她在市里举办的运动会上，一举夺得女子中长跑的三项冠军。那个下午，我们全去体育场看比赛，看着她站在领奖台上，手持鲜花，却不停地抹着眼睛。我们身旁是各自家里的大人，包括她的父母，我看见他们也都在抹眼泪，说这孩子不容易，快熬出头了。我们也就觉得，这个大姐姐拿着鲜花站在领奖台上的样子，也很美的。

从那以后，每天放学后，我们都会去找她，她见我们去，很高兴的样子。她学习不好，后来念完中学，就不读书了，便想进市里的田径队，可是人家不收她。她便自己锻炼跑步，每天在河边跑上几个来回。她上学的时候，我曾去过她的学校，可是去了一次便不想再去，觉得在那样的学校，怎么会学习好呢？这次她在市里运动会上一举成名，便顺风顺水地进了一直渴望的市田径队。

有时，我们会跟在她后面跑步，她不停地回头看我们，脸上带着暖暖的笑意。她在市田径队训练两年后，成绩提高很快。后来，她又代表市里在省运会上夺过一次冠军，可是不久之后，她竟然选择了退出。这很让人们不解，大家都觉得体育这条路应该是她唯一能发展得更好的，可是，她就突然不跑了，任谁劝也不听。

再后来，我就去省城读高中，很少回来。关于邻家姐姐的事，也是每次回来后，听家里人偶尔会讲起。她不跑步之后，忽然很想学习，便在家里自学，不到两年的时间就完成了自考，拿到了汉语言文学专业的本科文凭。后来出去找工作，去了许多地方应聘，也没人收她。可她并没有灰心，就不停地找，最后，终于找到一个肯收她的公司。她也工作得很努力，渐渐地融了集体之中。

高三的时候，寒假时，我便经常去邻家看她。有一个周末，我去找她，她正在专心地研究着一摞厚厚的东西，我从后面一看，都是她们公司业务方面的东西。她没发现我来，拿笔在纸上画着，皱着眉头，后来可能是烦了，把笔一扔，竟然哭了。我没敢惊动她，便悄悄地退了出去。

上大学后，有时和家里联系，也会问问邻家姐姐的情况。第一年的时候，她由于工作突出，受到公司表彰，妈妈告诉我，她还上了电视，手拿鲜花，很精神呢！我想，那个时刻，她一定又流泪了吧！便想起上次看她在家里哭的样子，知道她的光鲜背后，付出了太多的努力和泪水。

可是第二年的时候，邻家姐姐就辞职了。听妈妈说，她不再找工作了，好像天天在网上写文章，也不少赚钱的。后来有一次，在学校图书馆看文学类杂志，便读到了一篇她写的小说，起初还不相信是她，以为是同名同姓的人。直到打电话问妈妈，才知道，那确实是她。并说邻家姐姐现在成了作家了，不但在网上写文章，还在杂志上发表了许多。末了妈妈说，这丫头真厉害，干啥都能干出个样子来！

大学毕业后，我便没有回到家乡的城市，关于邻家姐姐，也于世事风尘中慢慢远去。只是有一次，和妈妈通电话，妈妈忽然说，邻家姐姐有一次遇见她，还问起我，说很想念我。那一刻，邻家姐姐在我心里再度清晰起来，我忙问妈妈她现在做什么。妈妈告诉我，她现在很幸福呢，找了一个很好的对象结了婚，今年刚生了个健健康康的女儿。还说她现在依然在写作，已经加入了中国作协，还当选了我们那个市的作协副主席。

心里便温暖起来，邻家姐姐所付出的一切，终于换来了幸福的生活。依然会想起她用手背不停抹泪的样子，那无声的哭泣却没能掩盖她心中的美好希望。

有一个晚上，我正在上网，忽然QQ上提示有人申请加好友，一看，竟然是邻家姐姐！忙通过，对她说："姐姐你好！"

她飞快地发过一句话："弟弟好，我很想你，这么多年，我终于能叫你一声弟弟了！"

那一瞬间，有一种想流泪的冲动。我的邻家姐姐，是个聋哑人，她一直是我的偶像。

• • •

滴滴润心

一

自从后妈进门，她便再没有笑过。虽然费尽心思也挑不出那个女人的半点不好来，可却从心里有着一种本能的反感。她宁可相信后妈是一种完美的伪装，终有撕开面具的一日。

十六岁的她时常爬到院子里那棵杨树上去，向着远方眺望。那个方向，有着母亲的茔地，而这棵树，也是母亲曾经栽下的。起初爬树的时候，后妈都要制止，可是倔强的她丝毫不为所动，后来后妈便也不再干预。她在心里冷笑，这个女人终于不再坚持了吧！

这一天，她像以往一样爬上树，却无意间看见，房门的窗玻璃后，后妈正站在那儿，不错眼地看着她，一只手握在把手上，随时推门而出的样子。心里便有了一丝异样的情绪在涌动，回想三年来和后妈相处的种种，第一次动摇了自己的冷漠。就在这一刻，她手一松，从树上掉落，她觉得自己是故意这么做的。那一瞬间，她还不忘了向门口看了一眼，她看见，后妈猛地推门而出，向树狂奔过来。

她笑了。这一刹那，她没有恐惧，虽然身体在坠落，她却知道，那也是幸福在降临。

二

他是一个老师，刚刚经历了失恋，心情坏到极点。这个时候，他被派去一个学校当监考。他冷冷的目光掠过那一张张年少的脸，观察着孩子们的一举一动。忽然，他发现一个男生写一会儿，便悄悄地低头向课桌下看什么，而男生的左手正在桌下。他快步走过去，仿佛找到了一个宣泄口，决定要用最严厉的方式对作弊者进行惩罚。

男生乖乖地摊开左手，手里有一张照片，照片上是一对中年夫妇。男生小声说："这是我爸妈，他们都在外地打工，他们说我考得好，再苦再累也值得了。我考试时经常紧张，可一看到爸妈的照片就好多了，所以就带进来了！"

他抚了抚男生的头，轻轻走回讲台。他想起了自己远方的父母，便觉得伤痛全消，憎恨皆泯。抬眼望去，那个男生在蒙眬的泪光中已看不分明。

三

一对青年男女在街上散步，转过一个街角时，两人一言不合便吵了起来，且越吵越凶。正是傍晚，街边有许多人正在乘凉闲话。忽然，一个脏兮兮的七八岁的男孩跑过来，脖子上挂了一大串钥匙。他摘下一把钥匙，举到正在争吵的两人面前，眼里全是渴望。两人一时全愣了，问那男孩，男孩也咿呀着说不清楚，只是固执地举着钥匙。

此时一个看热闹的老人告诉他们，这个孩子是个弱智儿童。有一次邻家夫妇因丢了钥匙而大吵了一架，他便记住了，整天满大街地找钥匙，捡到一把就串进绳里挂在脖子上，遇见吵架的便递过去一把钥匙。

两人都沉默了，而那男孩依然举着钥匙。女人忽然接过钥匙，在男孩脸上亲了一下，然后笑着挽起男人的手臂，在男孩含笑的目光中，回家。

• • •

偏心不偏爱

偏心其实是无可厚非的，只要是个人，对一些人，总会有所偏心，这也是人之常情。毕竟，每个人的性情脾气都不同，所以给别人留下的印象也不一样，这样一来，偏心现象就容易产生。不说关系一般的，就是亲人间，就是母亲对自己不同的孩子，偏心也是常有的事。

《红楼梦》中，中秋夜，全家夜宴，击鼓传花，讲笑话。当花落在大老爷贾赦手中，鼓停，贾赦只好讲了个笑话，说一家子一个儿子最孝顺，母亲生病，儿子便请来一个根本不懂医理的针灸婆子，婆子说是心火，针灸针灸就好了。儿子大惊，说心见铁即死，怎么能针灸？婆子说无妨，不针心，只针肋条。儿子说，肋条离心那么远，怎么就能针好？婆子笑说，不妨事，你不知天下父母心偏的多呢！

也不怪贾赦如此说，贾母对两个儿子的确是不一样的。她对这个袭了官的大儿子不太喜爱，对二儿子却很是喜欢，不但把大儿子的儿子和儿媳妇要来帮着二儿子理家，还看不上大儿媳邢夫人。贾母偏心是偏心，可是，在最后，当大儿子一家被查抄，大儿子被发配在即，这时贾母却仗义散余资，把自己的私房钱拿出来分给大家，不偏不向，分配分明，并将邢夫人也安排了住处。

所以说，贾母确实是偏心的，可是，她对儿子们的爱，却一点也没有偏。这也许是每一个母亲的情怀，永远无私的爱。现在独生子女多，父母把爱都集中在一个小宝贝身上，反而体会不到那种偏心的感觉。记起自己小时候，每一家都最少三四个孩子，当母亲的，自然有所偏心，多是偏心男孩的多些，家里儿子多，便有了更具体的偏心。可是那些女孩子，不管是当姐姐的或者当妹妹的，却都没有怨言，都悉心照顾着弟弟，或者为哥哥牺牲着自己。而当女孩子们长大后成了母亲，依然也会偏心，可是，对每个孩子的爱都是一样。

那时农村的条件都不好，每一家都很穷。特别是孩子多了，上学上到一定程度，就得有退学回家务农的。那时邻家有两个男孩，相差一岁，在同一年级上学，都学习特别好，邻家夫妇咬牙把两个儿子供到初中毕业，两个儿子都考上县里的重点高中。这个时候，就必须有一个人要辍学在家帮着干农活，才能供另一个上高中、上大学。我们都知道，邻家夫妇都偏心于大儿子，果然，小儿子被迫告别了学生时代，扛起了锄头和父母下地干活。

我们也知道小儿子心里很是不满，甚至怨恨，毕竟，上大学和当农民，特别是在那个年代，就像是天堂和地狱的区别。所以，小儿子抱怨父母偏心，也是正常的心理。许多年后，大儿子已经大学毕业，在外面的大城市中混得风生水起，小儿子却在黑土地上不停地劳作，早已经沧桑满面。后来，有一次在城里偶遇那个小儿子，他已经是一个中年人，提起往事，我问他还怨恨自己的父母吗？他却开心地笑，说早不怨恨了。

有一年，邻家的母亲对小儿子说："我知道你怪妈偏心眼儿，把上大学的机会给了哥哥……"那时，已经过去了十年了，可小儿子听了，依然转过头去，不想听。可是母亲却把他的头搬过来，说："可是我和你爸却想把你留在身边，能看着你长大成家，能一直照顾你！"

在人来人往的大街上，说起这段往事，小儿子眼睛湿了，他说："我爸妈虽然偏心我哥，可是，他们对我也是最好的。这么多年，我爸和我妈没少帮我，有他们在我身边，我觉得比什么都好。有时，连我哥都羡慕我，说我能一直陪在爸妈身边……"

当年的邻家夫妇，虽然偏心，可爱却是一直都不曾少给过两个儿子。虽然让大儿子去了外面的世界，可是小儿子却拥有了他们更多的爱。所以，偏心是正常，只要对每个人的爱都一样，就够了。特别是对于当父母的来说，偏心不可避免，可是爱，对每一个孩子，都一点也不会少。

• • •

在别人眼中开一朵花

去邮局的路上，经过那条窄巷，果然又看到了那个女孩。她坐在门前，眼睛亮亮的，逢人就笑，笑容灿烂得如旁边开着的一树樱桃花。所以我总愿意经过这条小巷，安静、宁和、花开、笑脸，每次走出这条巷子，走进城市的车水马龙，心里都会恬然无比。

许多年前，在一个陌生的城市，那时正是梦想与现实的冲撞过程，豪情湮没于尘事劳劳之中。有一次去远郊办事，途经一暗暗的长巷，一侧是高高的大墙，另一侧是一排破旧的二层楼。高墙阻挡着阳光洒落，那些楼房也都寂然，显得极冷清，一步步走着，加之心情的沉重，甚至有了阴森的感觉。行至一多半时，已经有些烦躁，还有些微微的恐惧。就在此时，抬眼向旁望去，忽见二楼的一个窗口竟然有花开！几盆花摆在那里，花儿正自绽放，那一瞬间，便觉黯淡全无，一切全都生动起来。心情也被灿烂的花儿点亮，脚步变得轻快，便觉得长长的巷子几步便已走完。

后来一直不顺利，无论工作还是生活，都与心中憧憬的相去甚远。由于市里的房租越来越贵，便想去郊区找一个便宜的。有一天在报纸上的一则广告里看中了一处，便找了去。重新走进那条长巷，心里想着会不会是有花的那家，竟然真的是！那些花儿仍然开着，落寞的心也似乎明亮起来。很快搬了过来，住在一楼的一个房间里。闲暇时，站在院子里，抬头便看见花儿，心便欢喜。想着竟有如此巧合之事，看来我的希望我的梦想不会落空，那些日子，心里便是满满的花开。

房东是一个慈祥的大婶，丈夫已故去多年，孩子也不在身边。她爱养花，却不是像别人一养许多盆，只拣自己喜欢的花期长的，然后精心地侍弄。那几盆花，花期都是错开的，她说一年四季都会有花在开。曾问过她，是不是觉得对面的巷子太阴沉了，所以在窗台上放上花盆，让过路人有一份好心情。大婶却笑着说："我哪懂那些道理，我就是喜欢养花，没想那么多！"正是这份不经意的美丽，偶然开在了我黯然的眼睛里，点染了我曾经的心境。

后来终究是离开了那座失落了梦想的城市，可是，旧的梦想破落，新的梦想正丛生。所以并没有太多的失意彷徨，就像房东大婶的那几盆花，有谢的，便总有开的。梦想也正是这样，在心底生生不息。于是在另一个城市，虽然依然艰难，可是心里一直芬芳着，并没有在世事的风尘中麻木。

记得第一次经过那条小巷去邮局，走过后，心情极是怡然。邮局窗口的女孩说："你今天好像有什么不一样，嗯，是了，今天你的笑容很好，让人心里很暖。"那一刻，才忽然想起，自己似乎很久没有这样真心地笑过了。虽然心里的希望一直都在，虽然曾经的那些花儿一直开在心底，可是总是用面具去抵挡那些不期然的白眼冷遇。原来，我的笑容竟然也可以感染别人。

有一次，走过窄巷，那女孩依然坐在门前，身边的樱桃树上，花儿早已落尽。她的笑容却是灿烂未改，像永不会凋零的花。我问她："小妹妹，你怎么这么爱笑？"她说："因为别人都说喜欢我的笑脸！"我走过她的盛开，回头看她坐着轮椅的身影，却听她又说："干吗不笑呢？看着一个人笑总比看着一个人哭心情要好些！”

是啊，为什么不笑呢？每个人的笑脸都是一朵盛开着的花儿，开在别人的眼中，馨香在别人的心底。

• • •

上一次流泪是什么时候

某日，忽然一个人问我，上次哭是什么时候？竟一时怔然，上一次流泪？感觉很遥远的事，遥远到那些泪水早被岁月风干，无迹可寻。终于想起，似乎上次流泪，还是姑姑去世的时候吧，再往前，就想不起了。似乎除了失去亲人的大悲，眼泪就很少掉下。

我曾一时兴起，在网上发了个帖子，就是问这个问题。下面跟帖的众多，有许多人同我一样，早已记不清，只记得最难忘的流泪时刻。有个大哥更是说得很绝，说这个问题应该问女人，女人爱哭，男同志都是很坚强的。还有个大姐说，上一次流泪是上周剥洋葱时，真是让人狂晕。

刨去那些插科打诨的回复，忽略掉那些少男少女多愁善感的流泪，有一些帖子很让我感动。

有一个十七岁的少年，他说他前几天刚刚哭过，那是他记忆中第一次哭。他是个孤儿，在福利院中长大，里面的孩子们很沉默，都极少哭，却也很少笑。他更是如此，用冷漠保护着自己。一直到上高中，他也很少与人交往。他甚至连自己的生日都不知道，户口上填的，只是他进福利院的日期。

有一天，一直对他很好的物理老师找到他，那是一个四十多岁的女老师，邀他去家里做客。他去了才知道，老师今天过生日，老师对他说："我也是个孤儿，我也从不知道自己生日是哪一天，十几岁的时候，有一天我就觉得特别快乐，就把那天当成了自己的生日。希望今天你也快乐，也当成你自己的生日，所以找你来陪我过！"在老师说出"祝我们生日快乐"那一刻，他眼睛一下子就湿了，那是一种从没有过的感受。他决定，以后就把这一天定为自己的生日。

还有一个四十岁的男人，很坦诚地说看到这个帖子之前刚刚哭过。似乎也没什么具体原因，事实上他的生活一直是不错的。工作顺利，家庭幸福，妻子贤惠，女儿懂事，好像没有流泪的理由。可是下班的时候，他像往常一样步行回家，经过河边小路时，看到那些绿树，一下子就触动心里的某些柔软角落。往事一一如潮水涌来，瞬间把近二十年的时光全部湮没，就有了想哭的冲动，不是因为什么过往，也不是因为想起什么难过之事，就是想哭一次。于是蹲在河边树下，痛快地哭了一场。然后回家，觉得轻松了许多，好像很多不知不觉积压在心底的东西，全随泪水流尽。

是啊，有时候哭也是一种释放，或许我们在尘世中日益蒙尘的心，只有用泪水濯洗，才能变得柔软如初。我们一直以为坚强，其实坚强并不是不流泪，不流泪的坚强只是麻木。就像一个女孩子的回帖中说：想哭就哭，为什么要忍着，就你那么男人，那么怕用泪水洗脸！

所以，不再抵触那些流泪的冲动。希望下次有人再问这个问题时，我会很快给出答案。

• • •

剪一缕阳光簪在发上

一

记得二十年前春天，在一个小小的村庄，看一群男孩子在草地上奔跑。而女孩们都在采野花，插在头发上，手巧些的，编成花冠的形状。独有一个女孩儿，没有摘花，就那样看着别人，伙伴们笑她，依稀记得她说：“我把阳光戴在头上了，比你们好看！”

那些孩子都是我曾经的学生。那一年，在那里给他们代了半学期的课。后来离去，一直奔波辗转，心渐渐地远离了曾经的淡远无尘，各种欲望横亘，疲累至极。偶尔的夜里，会想起当年的时光，记起那个女孩儿说过的话。

在春天的明媚阳光下，却焐热不了生命的沧桑。想起那个小小的女孩，想起她发上的阳光在舞蹈，忽然觉得，我们虽然同样顶着阳光，却是被动地承受，却没有主动去采撷一缕，装扮成生命的温暖。

后来，也是一个春天，当年的女孩在网上找到我，我和她说起往事，她竟清晰地记得。她说，当初伙伴们嘲笑她，说每个人发上都有阳光，她告诉她们，那不一样，却说不清哪里不一样。不过现在却明白了，她们是没发现，而她却一直在意，她们是被晒着，她是被暖着。

当年的女孩，如今已三十多岁，虽然依然在陌生的都市打拼，虽然也是历尽艰辛，却是从未烦躁、烦恼，很从容，一如春日的阳光。我可以想象，在她生命中的每一个春天，阳光都簪在她的发上。

最宝贵的东西都是免费的，比如阳光，比如月色，比如那些让我们怡然的种种，可是，我们却常常追逐着一种欲望的心境，直至沧桑麻木。多想把那一缕阳光永远留在发间，温暖生命，照亮前路，濯洗心灵。

二

夏天时和朋友们去一个旅游景点游玩，那是一座并不很高的山，只因那里的树长得奇，所以吸引了不少人来观赏。树冠就像被修剪过一般，就如二八月的巧云般，变换角度，就会有不同的想象形象。山顶有一株极高大茂盛的树，树冠从西望去，酷似一个女子的侧面头像，甚至鼻眼都依稀可辨，有长发在脑后垂落。

大家在树下留影，忽便阴云带雨，大家都往树下躲，可是人多雨密，一时间全淋得湿透。好在伏天的雨来得急去得快，一会儿工夫，乌云散尽，艳阳在天。再向那株大树望去，所有的叶片都是清清爽爽，带着湿意的嫩绿，每一朵阳光在叶片上翩然起舞。再拉远一些距离，女子的侧面头像便清晰起来，而那发上闪闪发光，阳光穿梭于每一个缝隙间，一如女子的发上插满了阳光之簪。

望向那些游人，他们的发上也都湿湿的，阳光也起伏跳跃于其间，别有一种神韵。风雨之后的阳光，能给天空画上彩虹，也能给人们的心里镀上温暖。人生的路上风雨起落，而风雨过后，阳光也会更明媚入心。

有的时候，我们需要一些风雨，来洗去阳光的灼热，来洗净心上的尘埃，如此，阳光才不仅是一种美丽的点缀，更是一种映亮别人眼睛的美，而那种美，是我们与阳光一同创造的。

三

走在铺满落叶的小路上，周围依然是叶飞如蝶。就连斜阳也那么淡，那么远，无奈地照着一片萧瑟。便邂逅了一位老妇人，当时她正站在一棵树下，白发萧然，契合着晚照中的叶飞秋残。

和她闲聊了一会儿，听她豁达的话语，和那种对生活的依然热爱之情，顿觉心里暖意荡漾，秋凉飞于感知之外。告别的时候，她的笑容将一脸的沧桑渲染得生动无比。

走出几步，回头看去，黄昏最后的阳光照在依然雪白的发上，闪着细密的光泽。忽然脑海中涌起一句话：白发的芬芳！在如此美好的阳光下，哪有白发的凄凉，在一颗永远充满热爱的心里，哪有黄昏日暮，有的，只是最美的风景。

四

在这极北之处，一进入冬天，阳光就成了奢侈品。随着太阳一天天的遥远，让人分外怀念夏日时的炎炎，记忆里却全没了酷热之感。

初冬和冬残的时候，阳光最好。当天气渐冷，第一场雪飘落不久，虽然并未能在大地上停驻一片洁白，可是寒意已经悄然涌动。穿着半厚的衣衫，晴好的日子里，行走在门前的公园里，便可见到一些背风处，许多老人坐在那儿，惬意地沐浴着暖暖的阳光。

我也曾学着他们的样子，在一处大墙的拐角处，坐在倒木上。北风被阻挡在别处，阳光一下子将我拥抱。坐在那儿一小会儿，便觉全身暖透，是那种一点点渗进心底的暖，通通融融，看寒风从不远处掠过，这一角无风，便是极好的所在，只与阳光相拥，如此可贵的阳光。

当几场大雪落下，冬天深了，外面便再难享受那么好的阳光了。满地积雪，将阳光反射成寒光，即使无风之处，也是一种凝固的冷，一如呼吸间久不消散的白雾。这个时候的太阳，要在玻璃窗后坐拥。一层透明的玻璃，便将阳光的温度点燃，静静地看书，偶尔抬头，外面依然冰封雪盖，而身上却暖如春日，旁边的几盆花依然开放，便有了很虚幻很美丽的一种错觉。仿佛冬季只是路过，并没有影响到窗后的流年。

冬天快要消逝的时候，阳光也渐暖起来，大地上的雪在冬季的边缘缓慢地燃烧，渐渐地失去了光泽，只一片黯黯的白。于是，在家里躲了许久的老人们，又开始出现在公园里。那些背风的角落，又成了安享的去处。此时的阳光又与初冬不同，因为它在日日地变暖，渐渐地把风打败。此时在阳光下，那些暖意从心底涌起，透出体外，与阳光相融，在周围萦绕。

我也怀念曾经的火炉、火盆，那些已经消散于记忆的长河，很难再见到。它们在我的回望中，也如冬日暖阳一般，在心底永远散发着热量，穿过那么多的时间和空间，依然让我心里感动如春。是的，火炉，火盆，还有曾经的那些笑脸，都是我生命里的太阳，每当寒冷的际遇，它们就默默地温暖着我，让我远离那些苍凉。

总是在寒冷的日子，才会珍惜难得的阳光。如此想来，寒冷也是好的，能让我们体会到一直忽略着的美好和存在。平常的日子里，有一些我们熟视无睹的，其实一直都在将我们温暖，比如亲人的牵念，比如背后那些凝望的目光。而我们，总是在艰难时，才会让心与那些一一相遇。也总是在走过寒冷之后，便再次遗忘。

而更多的时候，我们也要学会在寒冷的际遇里，找寻到属于自己的暖阳。如此，才会在漫长的冬季里有着希望和美好，心里的灵动才不会让风霜冰结。愿在未来的每一个冬季，我都会拥有那暖暖的阳光。

• • •

扣子是开在童年的花

有一天，忽然发现女儿所有的衣服上，扣子都极少，多是各种拉链，就是有几枚扣子，也是装饰点缀所用。便想起儿时，那时的衣服多为母亲缝制，扣子也是极朴素的，将衣服扣紧，焐暖了整个的童年。

母亲有一个小小的针线篓，里面除了针线，便是各种扣子。那些扣子大小不一，多是圆形，大多黑白两色，偶然也有不同颜色的散落其中。这许多的扣子，都是从淘汰的旧衣服上拆下，收集起来，我们有时在路上拾到，也会捡回放进针线篓里。每日里和伙伴们疯玩儿，常常将衣服上的扣子弄丢。回到家中，母亲便会从篓里拣出一枚，给我缝上。看着母亲的针线在扣眼里穿来插去，并没有想到多年以后，我的心也成了一枚扣子，母亲的爱便是那根线，将我的生命维系在温暖的回忆里。

久而久之，我衣服上的扣子，便各不相同，却也没觉得有什么不美，反正别人也都是如此。姐姐的那些花衣服上的扣子，就要比我们男孩子的好看多了，虽然也是普通的形状，却是五颜六色。这很是让我羡慕，却也知道那些美丽的扣子是女孩子的专利，所以也只能那么羡慕着。有一次，姐姐新衣服上的五枚漂亮扣子丢了一枚，很难过，于是母亲便找来一枚红色的扣子钉上，虽然和其他扣子不搭配，却也很好看，姐姐也很高兴。

有一次家里的一块窗玻璃被我用石块击中，出现了许多条裂痕，母亲找来两枚扣子，在那些裂纹的中心处，里外各放一枚扣子，然后用线穿过玻璃将两枚扣子缝在一起，这样便将整块玻璃都固定住。现在我仍记得那两枚扣子，都是蓝色的，镶在我家的玻璃上许多年。天气晴好的日子，阳光照在玻璃上，每一条裂纹都闪着七彩的光，从中间的扣子处开始四散铺射开去，像极了一朵美丽的花。

当岁月如流水般消逝，童年中的那些扣子，如那片无瑕夜空中的星星，闪烁着无尽的眷恋。更像一朵朵朴素的花，开在洁白的时光里，馨香漫透光阴的河，仍时时给我以感动。童年中的那些扣子，已不知失落于何时何处，一如那些快乐无忧的日子。那些简单的扣子早已被取代，只是心中的温暖却永远如昨日。

前年的时候，姐姐买了件衣服，很古朴的样式，难得的是上面居然有扣子。虽然那扣子很是精美，却依然让我看到了童年的身影。只是没穿几次，扣子便丢了一枚，同样的扣子无处去配，更不能像小时候般随便钉上一枚，姐姐虽然很喜欢这件衣服，却也只好将之收藏。有一天，她和母亲说起此事，母亲却笑着说："这有什么难的，把所有的扣子全换成一样的不就行了！"我们听了顿时眼前一亮，姐姐更是迅速地买来一些更漂亮的扣子，把衣服上原来的扣子都更换掉。忽然想到，我们常常因为微小的失落而放弃一整件事，也常常因为放弃了一件事而使生活变得黯淡，想想母亲的话，便明白，有时需要更换掉所有的心情，才会让生命焕然一新。

可我知道，母亲并不知道这些大道理，虽然她和扣子打了半生的交道，却也只是缝缝补补间的智慧。可是正是因为这些相似的道理，却点亮了我生命中不曾触及的美好。于是，再回想起童年的扣子，便嗅到了那朵朵小花上散发出的新的芬芳。

• • •

天籁

在我们的心里，天籁并不全是指那些自然界的美丽之声，更是那些深入心灵的声音，那些难忘的声音。如此，我们听到的噪声，却有可能是别人耳中的天籁。

一

楼下不远处的一个平房里，每天都会传出锛刨斧锯响在木头上的声音。那家开了一个木材加工小作坊，给别人打造各种器具。我曾去看过，那中年人很有个性，还是用着最古老的手工工具，那些什么电锯一类电动的一概不要。不过这一点倒是吸引了不少人前来定做些东西，可能人们都崇尚于纯手工制品。

有时挺烦随风传来的那些噪声的，很难让人静下心来。不过我渐渐发现，有一个七八岁的男孩几乎每天中午都在那小作坊门前转悠，起初我以为是那木匠家的孩子，后来发现根本不是。有一次实在是好奇，就去问男孩，他告诉我："我家在后面的小区里，我爸也是木匠！"

原来，男孩的父亲去年因病去世了。以前他没事时总是在一旁看父亲做木工活，他来这里，就是为了听听那些熟悉的声音。心里忽然很感动，那些噪声也一瞬间充满了温情。

二

一个女孩曾在日记里深情地回忆自己的父亲。她从小就失去了母亲，是父亲将她抚养长大。她胆子一直很小，一到夜里就会被莫名的恐惧包围。幸好有父亲在身边，父亲睡觉时鼾声如雷，起初她很难入睡，不过渐渐就习惯了，而且，父亲的鼾声响起，恐惧便一扫而空。后来大些之后，她有了自己的房间，每到夜里，父亲的鼾声仍会穿透墙壁，驱散她心里的害怕。

上大学以后，离开了家乡，离开了父亲，幸好宿舍里住着六个人，晚上的时候还不算太害怕，可是却总觉得睡梦中少了些什么。毕业后，她留在了那个遥远的都市，自己租房子住，曾经的恐惧又如约而来，常常整夜整夜地失眠。回了一次老家，再次听到父亲的鼾声，她睡了许多年来最香沉的一觉。

回到工作的城市，她终于可以每晚安眠了。因为她录下了父亲的鼾声，夜里睡觉时，就戴着耳机，在阵阵巨大的鼻息中入梦。她说，父亲的鼾声，就是世界上最动听的声音，可以给她一枕最美的梦。

三

我有一个朋友，她却最喜欢听路边工人切割大理石或者道砖的声音。那声音极尖锐刺耳，是纯粹的噪声，真不知她这个爱好从何而来。而且，每当她心情不好时，就会跑到马上路上或者施工现场，去听那种让人躲之不及的声音。

后来她终于告诉了我缘由。她两岁的时候，便患了突然性耳聋，从此在无声的世界里生活了十年。四处求医，终无效果。很偶然的一次，在治疗中让她看到了希望。经过坚持针灸和服药，就在一个晴朗的日子，她便突然听到了声音。

她说："我听到的第一种声音就是切割机发出的很响的噪声，可是听在我耳里，却是那么动听迷人，这个世界终于又用声音拥抱我了。所以每当我失意时，或者心情不好时，我都会去听那种声音，告诉自己，别人耳中那么难听的声音，都可以是我的天籁，生活中的困难又算得了什么！"

四

老家的邻居中，有一个哑巴，他同我差不多年龄，每天蹬着三轮车帮父亲拉些东西。他的嘴里总发出一种奇怪的声音，就像捏住了嗓子的鸡不停地鸣叫，而且很响亮，传遍整个小街。每天上学放学，都会听见他的声音，那声音已经成了我们这条街上不可缺少的部分。

后来我离家上大学，又在外地工作，曾经有一段时间失落接着失落，心情也差到了极点。于是开始强烈地想家，终于乘车归来，想在家人的温暖中平复一段时日。风尘仆仆地走上那条熟悉的街，上午的阳光暖暖地洒落。就在此时，一阵奇怪的声音传入耳中。我一下子停住了脚步，听着多年未曾听到的那个哑巴发出的声音，巨大的亲切感撞在心上，瞬间泪流如涌。

• • •

蝶翅上的风

似乎每个人都曾有过那样的感受，就在某一刻，被什么东西所触动，心里忽然漾满了柔软的感动；或者只是匆匆掠过的某缕思绪，便将心儿带到一种美妙的境界中去。那种刹那间的神飞，如轻风无痕忽临静水，涟漪如花；更像蝴蝶飞来栖于指尖，又倏忽飞逝，只留一点余韵，随蝶翅上的长风消散。

而我们写字的人，有时会称这种转瞬即逝的细微感触为灵感，我们也一直渴望甚至积极去寻找这种心灵的震颤。可是这东西就如那只无迹而来的蝴蝶，你无觉时，它悄悄莅临，若刻意去追寻，却芳踪无觅。其实我宁愿呆立在那里，任美好的瞬间倏来倏去，哪怕最后只在风中嗅得余香，也不在事后去苦苦回思当时的种种，哪怕只有一个极模糊的印象在回忆中，只要有过那样的片刻，就已足够。

人的一生之中许多事、许多际遇也是如此，无论彼时什么心情、心境，过去就过去，哪怕当时的瞬间有多长，哪怕事后的回忆有多短，只要记得在那些情境之中，曾那样地接近心灵的本真就行了。即使当时也许是痛苦挣扎，可是消散后，却只剩下回味间的恬然。只记长风不记蝶，或许会淡忘走过的路，却不会淡忘路上的暖。

有个朋友大学毕业后，远离故土，去大都市中辗转打拼，其间所承受的厚重、所遭遇的挫折，载满了生命的历程。他曾经说过，并没有像许多人一样疲惫，不管多繁忙的工作，不管多黯淡的境遇，他都保持着抬头看云的习惯。于是总会在某个瞬间，心静如水，洗去生命中所有的尘埃。他笑称这就是书中所说的天人合一的境界，虽然极短暂，而那无数个短暂的时刻，却如璀璨的星光，照亮了无尽的夜空。

我们活得太累，心中太拥挤，却常常是我们自己将自己逼仄得没有了空间和时间，所以过后总会觉得寥落，总会觉得虚度。其实再劳碌的生活，再沉重的压力，也不应夺去所有的时间，而有时，我们只需要短短的一瞬。虽然那种灵感般的妙境很难刻意触及，可是我们还可以让自己的心片刻地宁静下来，万虑释怀，目光与游云相接，心绪随长风流淌，一样可以缓冲生命的沉重。而只有在万虑皆宁的状态下，才可能引来那只梦幻般的蝴蝶，栖在指尖，栖在心上。

我们奔走的脚步所惊起的尘埃，有时迷茫了方向，更阻隔了美好。而那些停留过的片刻，却可以于一粒尘埃中看见美丽的种种。如果做到那样，那么就算长路上尘埃遮天，也不会迷失了方向，也不会让心灵蒙尘，就会看到所有的梦想都在葱茏，就会看到路旁的花儿次第开放，就会看到美丽的蝶飞舞在风中。

我们的生命都如曾在蝶翅上栖息过的风，曾在美丽里驻足，又倏然远扬，去邂逅无数的不期而遇的美丽。

• • •

风中嗅到每个人的香

生活在俗世里，每个人都是尘埃里的花朵，总会有属于自己的芬芳。在风里氤氲流淌，把生活，把世界，变成馨香的海洋。

可是，行走在旅途中，我们常常忽视着身旁的种种美丽，我们奔向目标，无暇他顾，即使偶尔去看，也只看到阴暗与丑陋。我有一个朋友，初涉世的时候，很是小心翼翼，从不与人过多地交往。她说，看过许多人际交往方面的书，觉得人心复杂，人心难测，就像周围全是陷阱。便索性谁也不去深交，自己摸索着向前走更好一些。

在人生的长路上，没有谁能自己走到更远。一个人走，注定会充满艰难，不只是境遇上的，更有心灵上的。就像我那个朋友，几年过后，很是疲惫，她说，成功时没人分享，失意时没人安慰。看谁都觉得不怀好意，看见每一张脸都是充满了欲望，久而久之，身外的世界成了一片恐怖的陌生，更不敢去涉足。

我也曾有过这样的时候。在经历了最初的挣扎之后，便戒心如墙，将心紧紧困囿住。有时候也会看些社交类书籍，学习一下里面的知识，可是，却觉得里面的道理、方法都懂，只是不屑去做，觉得那样很丢人。而且看到身边的人，觉得他们能力很平常，却都比自己工作得好，便断定是通过别的手段得到的。所以，就更不愿意去同流合污。

有一次为了排解心里的烦闷，便在周末去野外钓鱼。在一条野河边，不远处是一老者，也在垂钓。后来，便闲聊起来。在老者面前，便忽然有想倾诉的冲动。我说了工作和生活中的种种烦恼，他都微笑地听着。我讲完之后，觉得心里也轻松了许多。老者站起身，拉着我看身后的一片野花，花香飘浮在风里，令人烦忧顿忘。然后，我们又往西走了一小会儿，是一大片草地，老者说，这片草地也有香气呢。

一时间，在青草的淡香里，若有所思。老者又告诉我，其实每个人都有自己的长处，和别人交往，总能学到一些东西，并不一定非要为了什么利益。刹那间心中就像开了一扇门，原来一直以来，我所看到的，都是别人不好的一面；我所躲避的，却是那些迎面而来的诸多美好。

当我走回城市的繁华，当我走进那一片人海，忽然觉得每一张脸都带着最美的笑。走近身边的每一个人，在他们身上，都有着那么多闪光的东西，将黯淡的世界辉映得美丽缤纷。原来将心紧闭，挡住了伤害，也挡住了阳光，只有融入人群之中，才会感受到生活的美与魅。

后来，再遇见那个朋友，她脸上的笑容很灿烂，眼中闪着美好的希望之光。她说，她已经走出了封闭的自己，不再把自己桎梏在心里，她说每个人都很美好，只要相信就能看见。我笑问她，不怕再有陷阱伤害了？她说不怕，她只是想让每个人的优点来点染自己，撷取每个人的芬芳，而且，智欲圆而行欲方，只要心里摆正了方向，就不会随波浮沉。

所以，真正的交际，也许并不全是为了利用关系获得名利，更是为了学习和交流。人心之中固然会有阴暗的一面，可是没有阳光哪来的阴影，我们只要去沐浴那些阳光就行了。同样，人性中都会有着芬芳的部分，我们只需借来那一缕香，来点染自己的世界。如此，就是成功的交际。

无论一朵花还是一株草，都有着自己的清芬，封闭自己，感受不到别人芳香的同时，也挡住了自己的香气。只有敞开心扉，才能让自己的人格魅力氤氲流淌，不仅美丽自己，更能感染他人。芬芳相互洇染的世界，才是最美丽的生活。

• • •

奇妙的小小人间

一

一条清澈的小溪边，两伙孩子相距甚远，各自在忙着。这边的几个正在屏息静气地垂钓，眼盯着水面上的浮漂，很是专注。而那边的孩子们正扯着一些花瓣，混同着食物扔进水里，逗引得小鱼们不停地将嘴露出水面去碰触那些花瓣和食物。过了一会儿，两伙小孩走到了一起，各自说着对方的不好，喂鱼的一方说钓鱼的残忍，钓鱼的一方说喂鱼的不懂得收获，最后不欢而散。

许多年以后，溪边的孩子长大，当初钓鱼的孩子在事业上都有着各自的成功，他们能抓住任何小小的机遇；而那些喂鱼的孩子却生活得幸福快乐，因为他们懂得去欣赏生活，并且怀有一颗善良的心。不同的出发点会带来不同的美好境界，就像一面是天蓝草碧，一面是崇山峻岭，却是同样的精彩人间。

二

一个正在玩耍的孩子被父母强带着去田里种地，他心里很是懊恼沮丧，并有几分气愤。于是在去田间的路上，他总是偷偷从背着的口袋里掏出一把种子扬撒在路边。很快就种完了那块田地，孩子心里又高兴起来，想，幸好扔掉了许多种子，要不现在也不一定能干完活。

秋天的时候，地里的粮食都收完后，孩子发现一个奇怪的现象，自家田地旁的野地里鸟雀多了起来，这让他很是兴奋。后来仔细观察，发现路旁的野地里零散地长着一些成熟的庄稼，那些鸟雀就是来啄食那些庄稼的。他便忽然想起，那些庄稼正是春天时自己扔出去的种子长成的。

长大后的孩子总是在人生的道路上有意地撒下一些美好的种子，于是便常在不经意地回头间，来路上便已花团锦簇。原来，一个美好的世界，只在自己不经意的付出间就可造就。

三

一群野鸭落在日落前平静的河面上，荡漾起层层的涟漪。有个孩子恰好看见，他想，这么多的野鸭，闭着眼打上一弹弓也能打到一只。于是匆匆回家取弹弓，刚回到岸边，野鸭便轰然一下齐齐踏水而飞。他看着飞走的野鸭，心里忽然有些惋惜，并不是因为没有打到，而是觉得没有野鸭的河面少了一份生动，有一种空落落的感觉。他后悔自己的行为，那以后便不再想着打野鸭。而那以后的每个黄昏，他都能在岸边欣赏夕阳下群鸭戏水，而野鸭也不再躲避他。

他后来明白，生活也是如此。当你想着去攫取一些美好时，那些美好就会倏然消散，而你拥有着一颗珍惜欣赏的心，那些美好便会纷纷飞来。

四

课堂上，老师正在给小学生们讲着云，她说：“云有许多形状，千姿百态，五彩缤纷，比如白云、乌云、火烧云，还有各种各样的奇异云气。”并展示了许多云的美丽图片。有些同学被深深吸引，心里感叹着云的美与幻。

老师又说：“云也会告诉我们许多将要发生的事情，比如积雨云、旱云、地震云等，还有许多云有着它们独特的用途，所以人们经常依据云的变化来预防一些事情，而且天气预报也是以卫星云图作为主要依据。”一些同学有感于心，觉得每一种云都是有着自己的作用的。

老师接着说：“云的形成到消散经历了一系列的过程。比如从江河湖海中的水遇热变成气体，再在空中汇聚成云，遇冷变成雨滴，落在地面再融入江海之中。”有一些同学心下感动，钦佩云的智慧，可以适时地让自己变化成不同的形态。

后来，那个班的孩子，一些成了对生活充满热爱的人，他们觉得不管怎样的生活都洋溢着情趣，有着欣赏不尽的美好。有一些孩子成了很有价值的人，他们无论做着什么样的工作，都能将自身的作用发挥到极限。还有一些孩子成了生活中的智者，他们能够洞察生活的哲理，使自身更好地融入生活之中。

一个美好的事物，无论在哪一方面触动了易感的心，都会繁衍出一份生命的美丽。

• • •

忽然忘却

一个如旧的早晨，起床后就觉得这一天依然有着那么多事在等着，而昨夜梦里的恬然已逝去无痕，便觉满心烦恼。可是这样的日子总要继续，谁也不能停留在梦里，于是出门，迎向那些生活的琐碎。

走在路上，脚步正敲响无奈，忽然前面飘摇着就来了一个女子，正盯着她的鞋想着怎么会有如此轻盈的脚步。她便飘到了我身边，大声说："正想抓个人，就是你了，快到我家里去，我养的仓鼠生孩子了！"

我无奈地说："我还有一堆事去办呢！"

她却不由分说："谁让当初就你叫得最欢，说我养自己都费劲，说我肯定把仓鼠养死？"

只好和她去参观那些小仓鼠，这对于她来讲，也算是一个奇迹了。就这样听她喋喋不休地讲，从起初的忍耐到最后的动容，从仓鼠讲到她自己，有些事还是第一次听她说。不知不觉一个多小时就过去了，我也终于想起了还有事情要办。

可是出了门，竟然忘了自己要做什么，于是抱怨："都怪你，只顾看你飘摇的脚步，听你的故事，这下自己想干吗全忘了！”

她竟然生了气，说：“什么飘摇？你就是笑我腿脚不好！”

继续走在路上，想着她的腿脚，其实是真心夸她，在一条腿是义肢的情况下，能走得如此多姿的，她绝对是第一个。

走了很远，依然没有想起要去哪里，要做什么。便索性不去想，长长的生活也不差这一天的遗忘。于是就去了另一个朋友家里，他住在郊区的平房，有很大的院子。我去的时候，他正从房里走出来，一见我，很是高兴，便回屋里去烧水。我则在院子里看那些狗狗追逐玩耍，阳光淡淡，充满着一种宁和的气息。

当我们坐在院子里，坐在阳光下，坐在偶尔的犬吠声中，品着茶，聊着天，忽然觉得似乎时光在身边都流淌得缓慢，就像静静的水，时时泛起一朵涟漪。远处的山还在秋阳中慢慢地斑斓，心于是也悄悄地变得宁静，早起的种种烦扰都融化在风里，飞向未知的遥远。

等我告辞出来，告诉他我今天已经忘了要做什么，他忽然一拍大腿，“你一说我才想起来，你来时我正准备出去，现在也忘了要去干啥了！”

回到家，左右无事，便倚在床上看一本闲书。还记得这本书是许久之前买的，一直忙忙碌碌，也没能真正看上几页。一直看到眼睛也有些微倦，才放下书，看阳光正好，从窗子暖暖地拥进来，铺在地上。于是决定整理书柜，把一些长年未动的书拿出来晒一晒。我坐在书的怀抱里，随意翻看，竟看到书中夹着一些纸片什么的，或者书中空白处散乱的字迹。就是凭着这些零碎的印痕，我把以往的点滴都在心底汇集成温暖的回忆，就像一地的阳光，一地的书。

这时，一个老同学从很远的地方打电话，聊到最后，快说再见时，他说：“今天忘了想干啥，就给你打电话，其实之前想告诉你一件什么事来着，谁知聊着聊着就忘了，算了，以后想起再说！”

看来，比我记性差的还是大有人在。忽然觉得，偶然间忘掉一些事，或者忘了做一些事，也是一种放松。就像这个平常的日子，在我的遗忘之后，竟是如此地与众不同。

这个下午，很多遗忘已久的都已想起，就是依然没想起今天要做什么。

• • •

执子之手

一个秋天的傍晚，我去一所大学看望一位前辈，从他那里出来的时候，已是星月满天，微凉的风轻轻地在耳畔吹过，仿佛把自己在大学里的那些葱茏岁月也吹拂到眼前。于是脚步慢下来，怕惊飞那些栖息着的往事。

天上一轮满月，清辉四溢，片云微度，越发静谧澄澈。穿过那个大操场时，地上如积了一层空明的水。忽然看见两个人站在看台顶端的边缘上，手紧握在一起，抬头凝望那轮圆圆的月。在月光的背景下，如一幅静静的剪影。

刹那间心头就像起了雾一般，穿行着无数的过往。十几年前，在一个酷似今天的秋夜，在圆圆的月亮底下，我也曾这般微笑地拉着一个女孩子的手，望月不语。那无言的时刻，两心相映，如月般迥而无尘，彼此间流淌着的，是心底似水的柔情。那一刻曾想过，就这样执手站到地老天荒，任沧桑在眼中幻灭，只有爱情是最真实的存在。于是心底有了浓浓的感动与感激，发誓要珍惜这份情缘，就算世事如何变幻，永不改变。

可是，最美的时光总是走得最快。当那份爱情失落在一个雪花飘飞的季节，才相信，在这个世界上，真的没有什么是不能改变的。记得那个冬夜，大雪初霁。天上依然有月，依然朗朗地圆，我们站在月亮底下，却已经散了那份牵手的缘。还是那月亮，还是那个人，周围却已是无边的寒冷与肃杀。望着那轮当初代表着圆满的月，她却说出了另外一句，“今晚的月亮圆得像个句号！”心似乎碎成了一地的月光，而月光，还在固执地将我们的影子系在一起。

那以后的许多年中，月亮在我心中从未再圆过，再也遇不见当初的夜晚，当初的情怀，是啊，一生中能有几回那样的夜晚。失去了另一只温暖的手，我感受到的，只是满袖的凉风。曾经以为可以一生一世牵着的手，风云过后，只剩下独自的守望与凄凉。那是多年才养好的伤，结了疤之后，在某些时刻，仍会阵阵地痛。

可是，在这一刻，凝望着那对牵手的人，嘴边也不知不觉地绽一朵微笑。仿佛可以听见他们真诚的心语低诉，是的，这一刻，永远是最真实的。哪怕他们以后要面对分别的伤怀，有了这样的一刻，便也足够了。年年岁岁，月亮底下总会有人在倾心，也总会有人在分别，只要真心地去爱过，只要留下那样无悔的时刻，便是地久天长了。

心中轰然一声，消融了多年坚冰，涌动着温暖的情愫。再没有了那些怨怼，再没有了那些遗憾，有的只是美好的回忆与真真的祝福。是的，有过那样一个真实的执子之手的夜晚，有过那样一个两心如一的真情瞬间，就算被命运分开，就算不能与子偕老，也无悔无怨。而天上的那轮满月，就是遥远青春中明明白白的心。

看着那对牵手忘情的恋人，我心里温柔地充满了谢意，满天的星光月色也闪烁着无尽的温情。此刻，我的心里只有感激，只有感谢。

• • •

也曾青丝长发

在我的青少年时代，留长发的男人不是搞艺术的，就是不务正业的混混。而我长发飘飘的时候，却是受一个朋友的影响。当时那个朋友是学美术的，读的师范，长发披肩，很有气质的感觉，能吸引许多美女。由于经常和他混在一起，便也留起了长发，混进了搞艺术的队伍。

我那时的头发很浓密，发丝也硬，发色也黑，长年寸头。一开始留头发，就觉得很难受，由于发丝太硬，很难理顺，特别是一觉起来，便把头发压得向哪个方向的都有。再长些时，就更不舒服，觉得头上就像戴了帽子，特别闷。当头发长过耳朵，便觉得无处不扎得慌，许久才习惯。待更长些，各种不适便消失了，不管多硬的头发，一旦长度够了，也会变得柔顺起来。虽然夏天时觉得热，虽然洗起来很麻烦，却满足了一种虚荣的心理。

头发留好了，便和朋友一起走在街上，接受着人们各种各样的目光。那个年代，男人留长头发并不是被人们理解和接受的事。不过，在一些女孩子的眼中，却是一种有型且帅气的象征。而我的目的也正是如此，不过为了和长发相对应，绘画是不太可能学精了，便学弹吉他，最后也能像模像样地弹唱，配合长发的甩动，常能引起女孩子的尖叫。

不过好景不长，最后在家里的强制措施下，还是剪去了留了许久才长成的长发。不过也因此告别了寸头，转而留起了当时港台明星的那种分头，就像四大天王的那种。分头一留就到现在，而现在这个社会上，留分头的人极少了，都是返本还原，寸头卡尺满街晃。而在我青少年时，无论长发还是那种接近于光头的卡尺，都是街头地痞混混才特有的。我的分头此时反而似乎成了另类，不过此时的分头已经有所不同，不再将半个额头遮住，而是梳上去，有点类似于背头的感觉。

不知从哪一年开始，白发悄然出现。起初并没在意，可是竟是越来越多，这可能和我上班时倒了十年班有关，也有可能是遗传。不过也并没有多少失落，早晚是要白的，来得早些，也好早些适应。幸好头发依然浓密，并没有出现脱发的现象。而三十多岁的某一年，仿佛是一夜之间，头顶便掉了一缕头发，露出的头皮有硬币大小。人们说这就是民间所谓的“鬼剃头”，那段时间，妻子每天用生姜给我擦磨掉发处，后来才渐渐长出来。

而真正的脱发却是无声无息不知不觉间的。当我某一天照镜子，忽然发现前额上方头顶的头发稀少了，竟是大吃一惊。方知好时光已经不在，岁月侵蚀的力量开始出现效果。幸好我的头发原本比别人浓密些，而且留的是较长的头发，才不至于一眼望穿。

此时的头发，已经有近一半白的了，远远一望，头上像笼一层轻霜。在四十岁左右，头发白得如此多，好像并不是很常见的。鬓染秋霜，人生的秋天早早地来了。后来一问身边年龄相仿的许多人，竟也多是如此，只不过他们将头发重又染成了黑色。我却从没有动过染发的念头，并不是因为染发有什么危害，只是觉得自然而然更好些。也曾努力让白发自然变黑过，什么吃黑芝麻，什么用木制的梳子每天不停地梳，皆无明显效果，最后也就随之任之。

将来有一天，头发定会全白，也有可能脱得不剩下几根，可那又如何？回想曾经的激情年代，也曾青丝长发，也曾年少轻狂，经历过，就够了。

• • •

急急流年，滔滔逝水

相信看过《倚天屠龙记》的人，都会记得那个美丽的女孩小昭，她和张无忌被困于光明顶，小昭给张无忌唱了首曲子，中有几句：“到头这一身，难逃那一日。受用了一朝，一朝便宜。百岁光阴，七十者稀。急急流年，滔滔逝水。”

总是觉得时间太慢，人生太长，而恍惚间走过，却发现时光如流，百年弹指，从而有太多的来不及，太多的遗憾。有时就算觉得每一日都没有虚度，可是过后终是喟叹，也许，在这纷扰的世间，我们所做的与心中所想的往往背道而驰，所以才会有如此感慨。其实，就算一切都能重来，重走一生的岁月，依然会后悔，会觉得虚度，没有经历过的生活，永远是心里一直梦想着的。那么，时光匆匆，似乎后悔总是难免，这一生的意义还在哪里？

想想看，我们在意的，往往是留不住的东西，而长存世间的美好，我们却总是忽略无视。我们在意年轻，在意容颜，在意钱财，却最后都随流水，而那些恒久的美丽，比如清风明月，比如远山近水，我们却无暇顾及，每日里行色匆匆，什么晓看天色暮看云，哪有那样的心境？于是辜负了太多擦肩而过的美好，还犹自叹息生活乏味。

更多的时候，我们是不知道自己忙些什么，或者是被生活赶着往前走，麻木着自己。许多生活的正道，却往往是生命的歧途，这是说，我们走得太快，走得太急，忘了生活中还有更多的内容。生活与生命，并不冲突，冲突的只是我们内心的希望和现实的处境，不是一方倾轧了另一方，就是一方取代了另一方。倾轧的时候，便会觉得矛盾，不知生活是为生而活，还是为梦想而活；取代的时候，便会麻木，在一种境遇中随波浮沉。

曾经认识一个老者，已六十多岁，她回首往事时，依然是和平常人一样的生活，有过艰难，有过彷徨，有过挣扎，可是，她却回忆得有滋有味，丝毫没有悔恨。她说，她记得那些生活中每一滴温暖，不管是自己喜欢的也好，讨厌的也罢，每一种生活，她都能记取那些感动之处、美好之处。所以每一回想，反而艰难地淡去，那些感动的，却常驻心间。所以，所有的日子便在回望的目光里生动起来。

其实，人生真的不是很漫长，百岁光阴也只不过刹那的芳华。就像古诗中所说“蜗牛角上争何事，石火光中寄此身”，我们疲惫，所争的只不过是不能长久留住的东西。诚然，我们要生存，必然有时候要被迫做些事来满足基本的需求，甚至让自己和家人过得更好，这是正事，无可厚非。只是，这些都不是抱怨生活乏味和疲累的理由。就像那个老者，她的经历不可谓不坎坷，生活不可谓不磨难重重，可是，却能在走过后如此恬然淡然，那正是因为她能在平淡平凡的生活中，甚至在苦难的生活中，找出闪光的亮点来。

所以，许多人抱怨人生苦短，并不是因为没有过够想要的生活，而是真正想要的生活，还没来得及去过。就这样，走着走着，就离散了最初的心境，走着走着，就走到了最后的清冷。那么，不管多累，都要抬头看云；不管多忙，都要低头见花，让身边的美浸润生命的空间与时间，就算流年再急，就算梦想遥远，也可以有着最美的心境。

也许，这就是人们所说的珍惜。

如此，就算难逃那一日，也是面带微笑，无悔无怨。

第3辑

为喜欢的生活而活

Live

在生活的大潮里浮沉，只要用心记取，每一朵浪花都是风景；

在岁月的渡口旁等候，只要活而有梦，每一个晨昏都是收获。

• • •

我们忘了什么

有一次，大家在一起吃饭，都是圈子里的熟人，大家谈着一些自己的事和听来的事，气氛很热烈融洽。

忽然，一个老者说："来，我给大家出个有趣的问题，看你们能不能答得出！"大家都来了兴致，全安静下来，等着老人出题。老人喝了口酒，说："故事是这样的，假如你走在沙漠里，走了很久，口渴难耐，这个时候，奇迹出现了。从天而降一个神人，说是可以给你提供清水，要多少有多少。现在，你准备用什么来装神人送给你的水？"

这么简单的问题，大家听完都觉得有些失望，不过出于对老者的尊重，还是都郑重其事地给出了答案。其实这也算不上什么问题吧，甚至可以说没有什么标准答案。于是有人说："当然要用最大的容器来装了，沙漠那么大，多存些水是生命的保障。"大家纷纷点头，都说有理，便各自说出了许多装水的容器，当然都是较大的东西。

老者笑着听我们说，却没有发表意见。这时，一个小姑娘却说："我觉得你们说得都不对，还什么桶、壶的，多可笑啊！谁在沙漠里行走会带那些东西？要是我啊，我就先喝个饱，然后赶快赶路！”

小姑娘说完，老者就赞许地点头。我们都不服，说你自己才能喝多少水？不趁机多带些，多傻啊！老者却说：“她说得算是对了大部分了，当然是先要喝饱，然后才考虑带水的问题。这个问题一点也不可笑，也不简单，你们都忘了，不是想带多少就能带多少，关键在于你们身上有什么可以装水的东西！”

我们一下子全是一愣，仔细一想，就像酒都醒了好多。我们居然忘了这么重要的一个条件！如果身上没有容器，就算你说出一个大池子来装水，也是不现实的。由此想到，有多少时候，我们根本就忘了自身的能力，去接受一些我们无法接受的东西，从而得不偿失？或者我们于虚幻的错觉中，把自己的能力无限放大，然后去做一些实际上根本不胜任的事，又是什么后果？

从老者的故事中，我们警醒，有时候我们为一些小小的成功冲昏了头脑，全然忘记了自己的真实条件和实力；更多的时候，我们只在意会得到什么，怎么去得到更多的，根本忘了自己的承受能力。所以，我们有时会走得艰难，却又找不到原因何在。

• • •

当鞋不合脚时

闲翻印度哲学家奥修的《当鞋合脚时》，却被那句话久久地吸引着目光：当鞋合适的时候，脚就被忘却了。越读越觉意蕴无穷，似乎从哪一个点切入进去思索，都会想到一些东西。忘了脚的存在，会是一种什么感觉?

我们走在长路上，鞋子合脚，健步如飞，不走得脚疼了，不会想到脚。细细想来，被我们遗忘的，不只是脚，还有许多，在我们很舒适、很顺利的时候。所以有时候，我们觉得迷失了自己，其实，并不一定是把自己丢在艰难中，很有可能是丢在一帆风顺里。

就像在婚姻里，两个人相处得极为融洽，从不吵架红脸，看起来感情极好，可是这样的夫妻也最容易离异，而且离得决绝。因为一旦走到那一天，那就是觉得他们都丢了自己。就像合脚的鞋子让我们忘记了脚的存在一样，没有波浪的婚姻，也会让两个人忘了彼此的存在。所以，要时常有些磕磕碰碰，这并不是坏事，经常疼痛一下，反而会知道自己还在，知道那个人也还在，这样才会再次去珍惜，去珍重。所以，我们会看到，常吵架的夫妻反而更长久。

走着走着，就走散了。有时候，长时间的适合，就成了麻木。

有的人在工作中，勤勤恳恳，任劳任怨，领导派给什么活，都认真完成，不管是分内还是分外。可是在一个单位中，也往往是这样的人最不受重用，提拔无望，天天干着那些干不完的活。为什么？因为他们的做法太符合领导的心意时，他们本身就被领导遗忘了。他们的工作方式就是那只很适合的鞋子，他们本身就是被忘却了的脚。当然，并不是说不能兢兢业业地工作，活要干，也要讲究方法，能干工作与会干工作，永远都是两种不同的效果。适当不配合一下，让领导注意到你的存在，注意到你的想法，工作才会是有前途的。

这不算是藏奸耍滑，这是一种处世的智慧。

而我们在生活中，也常常是从不适应走向适应，最后被麻木包围。就像有一部电影中的一句台词：起初我们讨厌这种生活，然后适应这种生活，最后离不开这种生活。这个历程，我们大多经历过。由排斥到接受，由接受到憧憬，其实，习惯是一件很可怕的事。

于是，习惯了身边人的关爱，习惯了一成不变的环境，习惯了天蓝草碧，仿佛任何事物，都渐渐地熟视无睹，就这样，周围的种种都不复存在，连自己也不复存在。我们常常这样迷失了自己，偶尔怅惘，也想不明白。就这样度过一生，就像合脚的鞋子，渐渐，鞋子旧了，脚也老了。

那些奔奔波波的，那些辗辗转转的，风尘却很难覆盖他们清亮的眼睛。他们在生活中，或是时常在心里捕捉着细微变化的种种，或是许多的希望生生不息，所以，他们总会觉得新奇，总会觉得有更适合自己之处。如此，他们一直能感受到自己的存在，而不是茫然地行走于世事沧桑中。

我们和脚不同，脚一成不变，而我们却成了会变的脚，一直在调整着自己适应着各种“鞋子”，然后，直到忘记。所以，当鞋不合脚时，不一定是一种痛苦，也可能是一种幸福，是一种挑战，是一种精彩。所以，我才不会忘了脚，也不会丢了自己。

• • •

有磕磕碰碰才是真正的生活

邻家夫妇又吵架，很有些惊天动地的感觉，一堵墙也隔不住他们穿透性的声音。不过细细一听，并不是什么辱骂，就是那种争吵辩论，就像谁声音大谁就有理一样。有时我们这些邻居听着，都会不禁莞尔。常常是到了傍晚，他们又牵着手去门前的公园里散步，也不知道他们到底谁胜出了。

有时候，我们会发现，那些总是争争吵吵不断的夫妻，反而更长久。而那些互相脸都没红过的，往往一夜之间反目，便转身成陌路。所以，总是拌拌嘴、赌赌气，反而会增进感情。和睦并不是指表面上的宁静，更是内心里的相依。同样，和睦也不一定就是不吵架，而是吵过后，两颗心依然能相互温暖。

不只是婚姻中如此，毕竟婚姻只是生活的一部分。生活中的许多方面都是如此，太过于平静，极有可能成为一汪死水。就像我曾经的一个同学，大学毕业后回到所在的城市，父母给安排了一个政府机关的好工作。于是，他便开始了让我们羡慕的生活，当我们四处奔波之时，他却在舒适的办公室里轻松地度过着日月晨昏。

多年以后，在一个陌生的城市与这个同学相遇，才知他早就离开了家乡，离开了那份让人羡慕的工作。他告诉我，起初的时候觉得很好，可是日复一日，年复一年，什么激情都已消磨殆尽。有一次，看到父亲养在笼中的鸟，便忽然自叹自伤，觉得自己像极了那只鸟，翅膀已与天空无缘，衣食无忧地混吃等死。于是他毅然离开，奔向了一片陌生的领域。眼前的他，虽然消瘦，面带风尘，可是目光明亮，闪着梦想的光。

尘世的天风海雨，虽然常常让人受伤跌倒，却可以让一颗心充满了豪情斗志。那些脚下的坎坎坷坷，羁绊着脚步，也温暖着脚步，脚会记得路的暖，那些跌跌撞撞的身影，正是一颗心在不停地叩响着梦想中的种种。

曾经认识一个中年人，他事业有成，自己的公司红红火火。他告诉我，最初的时候，由于选择正确，加上时机把握得好，公司刚一成立，便开始飞速发展。那几年中，几乎没有遇到什么像样的困难，就已经在本地的业内成了龙头老大。只是，他开始觉得好像缺少了什么，他说："虽然事业上顺利成功，却觉得心境上有所缺失。"他在书中看到，一个人走得太快，就会把灵魂甩在后面，所以要常停下来等等灵魂。于是，他便放缓了发展速度，并向别的行业发展，虽然困难重重，却觉得充实无比。

走得太顺利，走得太快，就会走丢了自己。人只有在艰难中，才能让希望生生不息，那些跌跌撞撞造成的疼痛，能让自己感知到自己的存在。

一帆风顺，只是美好的愿望，而如果真的一帆风顺了，即使抵达彼岸，到达的也只是你的身体，而不是心灵。一个人的心灵如果没有经历过波涛的洗礼，就算走得再远，也是一种迷失。所以，才会有许多人在看似成功后，依然不开心，依然没有感到得到什么，却反而觉得失去了什么。

所以，真正的生活，也许正是那种百转千回奔向目标的过程；而生活的真正意义，也许正是在跌倒与爬起间那种疼痛与希望的交织。所以，没什么好抱怨的，如果说有，就该抱怨我们自己不懂得怎样的生活才是真正的生活！

想起那个傍晚，在水上公园里遇见邻家的那对夫妇，我不由得对他们说：“真羡慕你们，总吵架，感情还这么好！”

那个女人开朗地笑，说：“这有什么可奇怪的！没有吵吵闹闹，没有磕磕绊绊，那还叫什么生活？”

• • •

余地是人生的后花园

有一句很古老的话，是说不能把路走绝，历来人们理解的都有缺失。不把路走绝，不仅仅是指走到前方无路，更重要的，是回头要有路。那便是所说的余地，余地并不是多余之地，而是一个能抽身安心的场所，是一个灵魂的栖息地。所以，即使前方依然大路通天，身后也要开阔无比。

破釜沉舟、背水一战，那只是特定情境中的一种方式，并不是所有的时候都要斩断后路。更多的时候，我们还是要稳稳地走，开拓前路，并留有后路。生活中留有余地，就是给生命留白，那一片空间是神奇的所在，蕴藏着你回首时不期然的种种美好。

做人要留有余地。与人交往，总不能是人人皆好，处于社会大环境中，人与人之间总会出现矛盾甚至恩怨。有人临事不冷静，或者受多了书中那些快意恩仇的情节影响，常常冲动之下说出悔之不及的话。虽然有的一时之间看似无事，却留下了一个后患。怒极之时，不妨过上几秒再开口，也许就是完全不同的结果。说出口的话，要有能回转的余地，才不会被无心之语所桎梏，为日后带来无尽的麻烦。

说话留有余地，并不是圆滑，而是一种大度。话里留出的一线活口，便有可能成为一个转机。平时说话的时候，虽然不会经常有祸从口出那么严重的情况，却是不可不慎。舌绽莲花和毒舌如箭，虽然都是指能说，却有着本质的区别，关键在于话语之间有无回转的余地。话语间的余地，是生长理解和真诚的土壤；批评别人而留有余地，是给人以改过的机会；赞扬他人而留有余地，是给人以继续向上的动力。

做事要留有余地。《菜根谭》里说："径路窄处，留一步与人行。"事不可做绝，否则到了最后，连退一步都无可退处，更何来海阔天空？我们常说的要懂得进退，进则易进，退则难矣。所以退路要留得，那是休整之地，亦是休养生息之所，卷土重来东山再起，或者调整方向再次启程，全是以此为起点。事到临头，三思而后行，行之则无悔，就是因为有了余地的存在。

留一步与人行，并不会将路越走越挤，而会越行越宽；留一步与人行，并不会因让出一部分空间而紧迫，而会使生命的空地愈加宽广。

每天奔波劳碌，在世事纷扰中度过流年匆匆，许多人会觉得疲累至极。那么，就应该在心里留一片空地，让许多温情的美好在其中生长，心灵时时徜徉于其中，自会宠辱皆忘。如此，即使风尘漫漫，依然有美景经眼；就算际遇黯黯，生命依然阳光洒落。心灵的余地，是生命中所有美好的来源，希望生生不息。

留白是书画中的一项技巧，若是画面满满，即使都是神来之笔，也会给人以逼仄压抑之感。生活亦是如此，即使生活的内容再精彩，若是充斥着每一寸空间、每一秒时间，依然会让人疲惫不堪。所以给生活留一些余地，可以悠闲地抬头看云、低头见花，不仅怡情悦性，更能与一些不期然的美丽相遇。

对人留有余地是不自误，对事留有余地是不自绝，对己留有余地是不自满。

余地是人生的后花园，它生长着所有的温暖和希望，盛开着所有的美好与灿烂，只属于我们自己的生命。疲惫时，它可安抚我们的心，让我们依然能铮铮鼓起对明天的勇气；失望时，它能平慰失落的心境，让我们再次出发，笑对风雨。当我们历经世事沧桑变幻，回首间才会发现，余地才是我们心灵深处永远的故乡。

• • •

有小人存在的世界，才是真正的人间

设想一下，如果没有了小人，这世界将会是怎样？人人都靠单纯的努力就能出头，所有的竞争都是纯粹的学术和业务的比拼，没有嫉妒，没有冷枪暗箭，从每一张脸上都能看到每一颗心，阳光无处不在。想到这里，我们自己都会觉得心虚，这样的世界，永远不可能出现。

即使在西天的净土，当唐僧师徒取经到此，依然会遭逢阿傩和伽叶两个小人的勒索与为难，更遑论我们的是非人间了。那么再想一下，小人是怎么出现的？其实最大的诱因就是利益，最主要的心理就是不平衡，最直接的想法就是我得不到，也不要让你得到，即使你得到了，也要让你不舒服。

那么，到底怎样才是一个真正的小人呢？就像上面所说，为利益眼红，而且有不平衡心理，也具备那些自己得不到、也不让别人得到的想法，这算小人吗？这当然不算，这充其量只是具有了小人之心而已。我们大可不必嘲笑，仔细回想，我们同样会有太多的时候，具备这样的小人之心。这种小人的思想和心理，在长时间的酝酿和积累下，就会在某一天付诸行动，那么性质就一下子变了。

既具备了小人之心，又付出了小人之行，这才是真正的小人。

小人在这个世界上层出不穷，防不胜防。就像故事中说，两个人看见一家院子里有一棵结满果子的树，便商量着跳墙进去偷些果子。其中一个先跳了进去，然后在里面喊另一个："快进来，他家没人。"于是另一个也翻墙而入，结果掉进了粪池，而先进去之人正在粪池中大笑。这就是典型的小人心理和小人做法——我不能自己倒霉，让你看笑话，要倒霉大家一起，谁也别笑话谁。

由此可见，在被小人整过之后，以后再遇见类似的情节，就会有心理防备。小人在这个世界上，给我们上了一课又一课，才能让我们越走越顺，避开许多陷阱。而且小人的存在，让我们更进一步地明白了处世之道，历来怎样与小人相处，都是人际关系中的大学问。比如，就像北宋大将曹彬出征时，要求把小人田钦带在身边，这就是大智慧。不让小人有机会在背后放冷箭，还把小人和自己绑在一条线上，在有共同的利益时，小人还是可以合作的。

人们常说，社会是一个大学校，让我们学会许多东西。其实，真正的学习，都来源于教训。而在教训中，多半是有小人存在的。有人至此会有疑问：若世间没有小人，就不会有各种阴谋陷阱，就无须去学那些在小人身上才能学到的东西了。话虽如此，可是，只要有人的地方就会有小人，这种假设永远不可能成立。所以，和小人学到的东西，永远都是必要的。

而且，还有很重要的一点，人心繁杂，面对任何一个人，都要有一分防备，就像防备小人那样。所以就要了解小人的心理，这样才能走到小人的前面，看清他们的意图。甚至有些时候，我们自己也要具备小人的心理，才能躲开许多防不胜防的陷阱。不去害人，但要知道怎么害人，这是一种自卫。就像可以不杀人，但身上一定要带把刀。可以有小人之心，不可以有小人之行，这是生存在这个复杂世间的底线之一。

理想中的世界虚无缥缈，而身畔的生活才是真实的人间。是小人才使得这个人间更精彩，或许是一种挑战，或许是一种历练，只有走到高处，高得让小人们只能仰望，才会发现，小人其实是这个世界的点缀，他们只纠缠身边和他们同一水平线上的人。

所以，从这个意义上来讲，小人是我们进步的阶梯。

• • •

太多的计划就是阻路的山峰

一个搞写作的朋友，为了不让光阴虚度，为了能实现心中梦想，罗列了一年的写作计划，甚至具体到每个月每一周。我仔细看了他的计划，内容详细，步骤清晰，似乎只要用时间和精力去填补，就万事大吉了。

其实很多人都会列些计划，以确保在一定时期内有个大体的框架和走向。而有的人喜欢把每一天都过成计划的一部分，觉得这样才是珍惜，才有意义。事实上，他们混淆了一个概念，计划并不等于梦想。换句话说，你完成了计划，并不等于实现了梦想。计划要有，那也只是一个规划，一个备忘，而不是具体到每一天的桎梏。过多的计划，只是给自己造成过多的阻碍。

当一年过去，那个朋友已经完成了他的计划，写了几十万字，可是他却并不高兴，对我说："计划完成得很好，可是怎么感觉没有进步多少？"

不止是他，或许很多人会有这样的感慨。太过注重于计划，忘了更长远的路。太多的计划，便堆垒成眼前的山峰，而我们却沉浸于征服这一座座山峰的快感中，觉得是在进步。可是，在这世间，许多山峰是不需要去征服的，特别是这种人为的成为障碍的山峰。计划是一种约束，而过多的计划就成了困囿。

当我们爬上所谓的“山峰”，会有一时的成就感，可是向远方一看，并没有接近梦想多少。在平面的距离上，我们并没有前进多少，却在上上下下地折腾，还自以为是积极，是进取。

人不能没有计划，却不能有太多的计划。

太多的计划，如果不能去完成，那也只是空话；即使完成了，那也只是弯路。计划只是一个方向，并不是具体的道路；计划只是一个提醒，而非手段。所以，太过于依赖计划，更可能是一种歧途。而且过多的计划会使人疲惫，久而久之，甚至会打消积极性，影响信心。

仔细想想，在通往目标的道路上，有多少阻碍是自己造成的？我们又攀登了多少无用的高峰？更为可悲的是，我们总是在当时以为那是一种高度，是一种成功，也总是在后来才明白，那其实是一种蹉跎。如果重来，绝对不再让计划束缚了脚步，一定要轻装上阵，自然而然。

我那个朋友再也不列那么详细的计划了，用他的话说，就是删繁就简，更容易看见目标。是啊，过多的计划就像繁茂的枝叶，遮挡着视线，我们太多的时间都在对付那一枝一叶中度过，最后才明白，远方的果实还遥不可及，我们只是收获了几片枯黄的叶。看得见真实的目标，才会走上最真实的路，一步步地接近。

计划有时候可能更是一种诱惑，让我们在过程的兜兜转转中迷失了自己，淡忘了初心。所以有时候我们走着走着，便累了、倦了，不知道该何去何从。已经忘了为什么走上这条路，更忘了要去向哪里。计划的繁杂与变化，左右着脚步和心绪。

所以，跳出计划，看看自己眼前的山峰，推倒它，露出前面的路途来，让梦想清晰可见，然后一步跨过曾经的山峰所在，走向人生的远方。

• • •

分分秒秒地失去

广场上有个大大的倒计时电子牌，经常记录着距离市里某件盛大之事还有多长时间，精确到秒。有一次女儿看了很吃惊地说："一秒一秒的就没有了，这么快！"从倒计时里，她直观地看到了时间的失去。

忽然想到，随着时间一分一秒地流逝，我们也跟着失去了许多。回想那些过去的种种，都已不在，且已不再。有许多东西注定是无法长久地抓在手心，势不可挡地失去、再失去，如成长岁月中的欢乐无忧，如童年里眷恋着的门前牵牛花，如少年时那些青涩的悄喜、轻愁。回望长长的来路，似乎身后遗落满地的，都是最美好的。有时想想，的确是在不断地失去啊，至少，我们在失去时间。

有时看着那个倒计时的电子牌，恨不得它突然出现故障，永远停留在某一刻。可是，即使它真的停止，身边的一切仍在溜走，季节仍在变换，兔走乌飞，任谁也无法阻止半分半秒。有一次，女儿竟说，她要是有一个电子牌，就要把自己长大的时间设为倒计时。我问："看着时间一秒一秒地过去，不难过吗？"她反问："为什么要难过？每过去一秒，就离长大近了一秒，我真想让时间过得再快些！”原来，在孩子的心中，时光的匆匆并不是失去，而是一种希望的不断临近。

而今近中年，却是如此怀念那些逝去的光阴，当年也如女儿般盼着时间快过，可希望中的一切在渴望中到来时，许多不期然的伤感、失落也随之而来，于是分不清得到和失去哪个更多，倒是觉得失去的更为可贵。可是永远不可能重来，未来还要继续走下去，即使困惑也好，无奈也罢，时间就那么一秒一秒地跳走。

一个深秋的午后，在公园里散步。在大墙背风处，阳光暖暖，一个老人就坐在那里，眯着眼看远远的岭树山云。几乎每次都能看见那个老人，他就那么静静地独处一隅，从不与那些下棋、打牌的人在一起，仿佛看不够日日相见的远山近水。我走过去，同他坐在一处，远远的五花山斑斓着一片绚烂，那是一年中最后的一抹精彩。与老人闲谈，说起那些过去的年月，老人并没有我想象中的许多感慨，却是充满欣慰地说：“我今年七十四，一晃这么多年就过去了，现在是每过去一天，就离死近一天，不过我也不怕。你看，我从出生，再到死，世界上有过我这么一个人，有属于我的七十多年时间，这就是偏得的，所以，我得感谢老天给了我这条命，给了这条命这么长的时间！”

瞬间明了，原来那一分一秒地流逝，并不是真的消失，每过去一天，我们的生命就又得到了一天。这样一想，所有的消极就一扫而空，想想看，那些在生命里飘摇远去的，都是我们曾经拥有过的，无论美好还是痛苦，经历过，就是得到。那些点滴片段，都是构成生命不可或缺的部分，它们一直在那里。而我们的心却一直向往着未知的种种，在经历了失望、失落之后，心便会沉醉于过去的一切，哪怕是同样的失落，也会有着幸福的感觉。所以总觉得过去的最好，失去的最珍贵。

是的，过去的永远最好，即使是痛苦，也会被岁月还原成幸福。可是，所有的过去，也都曾是我们心中的未来。只有珍惜现在的一切，则不管未来如何，不管未来的回望如何，都会更有一种完美感吧，至少会少一些遗憾和愧悔。

所以，时间虽然分分秒秒地失去，我们却是在时时刻刻地得到。

• • •

不能回头的时候

当来路在每一步的脚下断裂成深渊，当回头时却水阻山隔，也许我们并不会有太多的感触。可是当前路茫茫偏离了心中的方向，当眼前无路彷徨四顾，而身后亦是路绝，就会有身处绝境之感。前行是歧路甚至绝路，回头也无路，此时此境，何去何从？

睿智的人会放任自流，他们认为前路、后路都是心中所思所想而已，不去在意，就什么困境都不存在。就像是任由地里所有植物都成长，长到一定程度，就会发现哪些是草哪些是苗，就会有取舍。有时候，我们刻意地选择，也许并不一定是最合适的，而到了无法向前的时候，不妨全都放下，让心灵自由一段时日，让脚步自在而行，就会自然而然地有了正确的方向。

有些情况，就像是历尽艰险攀上了一座峭壁，却发现峰顶上并不是梦想中的风景，而又绝无可能从悬崖原路返回，眼前的失望笼罩着境遇，又该如何应对？聪明的人会选择停留，既然身后无路，既然眼前不是归宿，那就让身心暂时停驻。就像是一个缓冲，就像是一片留白，身体和灵魂都需要憩息。于是心儿渐渐变得空明宁静，生命也变得轻盈澄澈，当状态回到巅峰，下面的去留才是真正的开始。

而有些时候，走到很远之后，才忽然发现，不知从何时起，已经偏离了原来的方向。无法回溯曾经的岁月，也不能流连走过的光阴，却又不知前方通向何处，多少人在这种两难的境地蹉跎了一生。可是，执着的人会选择继续走下去，不管前方有怎样的境遇在等着自己，不管前路是否会折断在失望之中，他们相信，只要向前走，就会抵达远方，即使与原来的方向不同，也终会殊途同归。

选择继续向前走，哪怕是歧路，也需要极大的勇气和毅力。这和另一种情况是有着本质的区别的。有的人是无奈之下，因为没有退路了，便索性一错到底，被迫走下去，被迫错下去。而真正执着的人，即使路已偏离，心却始终如一，所以他们是积极地去走，他们相信不管绕过多少道弯，总能抵达梦想的归宿。

而有胸怀、有境界的人，在前后皆虑的情况下，会做出不一样的选择。佛家早有经典传世。进不得，退不得，何从？答曰：向旁一步。亦有古联中云：择高处立，就平处坐，向宽处行。这都在点明着一种方法，指明着一条路径，世上本非进退两条路，向旁一步，也许就会物移而景换，也许就会柳暗而花明。有时候，路的长度并不一定是成就，而路的宽度才是真正的境界。

我们纠结于前进后退中太久了，当前方不明了时，当身后无归路时，便无助且失措，似乎不能进不能退，便是绝境绝路。却全然不知向宽处行，寻找更广阔的人生风景。有的人也许并没有走多远，也没有走多高，却走出了人生的宽度。路宽而天地宽，路广而心怀广，所以说是一种境界。而不只是身后无路时如此，通往梦想的路上人多拥挤，于是平坦的路也变得坎坷，这样的时候，直线便不再是最短的距离，捷径人满为患，弯路便是坦途。人生的宽广也尽在此，心放宽，世界便天高地阔，你会发现，有那么多的精彩内容围绕在身畔。

那是在低头前行的时刻所无法领略的，无拘无碍，可如行云流水般，自由自在。向宽处行，比退后一步更积极，比迎头硬撞更睿智，那是一条最好的路，那是一个最美的去处。

不能回头的时候，我们竟然会有这么多的选择，可是当初，我们却只知前进、后退和徘徊。或许当我们有一天忘了前进和后退，才真正抵达了人生的某种境界，才能真正地让生命广阔而自由。

• • •

为喜欢的生活而活

有时候，会觉得有些人的生活很艰难。不一定是物质上的艰难，更是一种精神上的艰难。比如我认识的一个男人，他就是很艰难，这些年中，也不知是怎么走过来的。

他十八岁的时候入狱，二十三岁释放，虽然正是大好的年华，可是正因为这个曾经的污点，即使付出了代价，却依然躲不过别人的白眼、冷遇。后来就算他背井离乡，在陌生地方想重新开始，可是履历上的污点却总会让人们知晓他的过去。虽然他埋头苦干，却没有人愿意接近他、接受他。

如今他已经四十岁，也比过去好了许多。他的过去，人们已经渐渐淡忘。而且，就算知道也没什么，现在的人已经比过去开明了许多，思想也不那么守旧。有一次我问他："当时没有绝望吗？"他笑着说："我为了自己喜欢的生活而活，你不知道我在狱里时，多想念外面的蓝天、草地，出来后看什么都觉得喜欢，我就为这份喜欢活着，不去看别人的脸色！"

我又笑问："那你就生活在自己的世界里，不怕找不到媳妇？不怕那些女孩子都躲着你？"

他却说：“既然我会为了自己喜欢的生活而活，一定也有女孩子喜欢我这样的男人呀，所以，一定有个女孩也会为了自己喜欢的生活而活，而不去听别人的闲言碎语！”

为自己喜欢的生活而活，眼里看到的都是欢喜，如果过于在意别人的看法，终会迷失自己，或者了无希望。人不能为别人活着，走自己的路，欣赏自己的风景，慢慢地也会在别人眼中生成一片风景。

想起童年的那些虫子，它们出没于南园的果蔬之间，长得丑陋，招人讨厌。而且经常被鸟雀给啄食掉，有时想不明白，这些虫子生来就是让人讨厌的、生来就是喂鸟儿的？后来有一次问邻家小妹妹：“你说，这些虫子这么丑，还总被鸟儿吃掉，它们为什么还活着？还要爬到地面上来？”

她扑闪着大眼睛说：“这么简单的事哥哥都不知道，虫子活着当然是为了变蝴蝶啊！”

当时正有几只蝴蝶悠悠飞过她的发梢。多年以后回想，那些虫子，那么艰难地活着，也许正是为了美丽的蜕变。看到那些翩然的蝴蝶，人们很少去想它们曾经是那样丑陋的虫子。虫子们也是一样，为了自己喜欢的生活而活，虽然那种生活要经历太多的挣扎后才能获得。

所以，为自己喜欢的生活而活，有时会走上一条很坎坷的路。也许，那种艰难只是在我们旁观者的眼中，而在他们自己心里，应该满是欢喜和梦想，所以，他们会觉得生活很美好。

快乐很简单，美好很简单，热爱也很简单，生活只是绽放在自己眼中心里的风景，别人也许看不到，却一直环绕着你，让你满怀感动，走向生命的丰盈。

• • •

有没有一片月光照耀疲惫的你

一

她终于在一个晚上晕倒了，晕倒在车间的流水线上。

她来自偏远的山村，和别人一起来到大都市打工。她在工厂流水线上做普通的工人，那些一起出来的，长得漂亮的姐妹都已经被安排了清闲的工作。到最后，只有她，还在日复一日的疲累中挣扎。

她个子不高，不美丽，不聪明，不会说话，她只是一直沉默，面对着一成不变的工作。周围虽没有白眼、冷遇，可是却没人理会她，她每一天都被寂寞与疲惫包围着。

在这个盛夏的晚上，她晕倒了。之前，本就热得难挨，又出现了一些小小的失误，被段长批评了几句。一下子点燃了心里不如意的种种，便觉眼前一黑，各种烦恼似乎瞬间远去。

醒了之后，她发现自己躺在宿舍的床上，窗外仍是夜色沉迷，身旁是两个一起出来的姐妹。她们很焦急地守在她身边，一如当初刚来的时候，那份真切的关怀写在每一双明亮的眼睛里。那一瞬间，仿佛心底坚冰融化，化作满眼的泪。她拉着她俩的手，情不自禁地诉说着心里的辛酸。

等她说完，其中一个姐妹说："你哪里就难看了呀，在我们心里，你一直是最可爱的小妹妹。虽然后来我们接触少，可是，我们都想着你。刚才，你没醒的时候，我们没开灯，有一片月光就照在你脸上，我们觉得你真美，都看呆了呢！"

她转头去看窗外，月亮正静静在窗外照耀。心里忽然涌起一阵感动，就像在乡下时，站在野外，一阵风带来的亲切。一直以为，世间的美好与自己无缘，可是，在沉睡的时刻，这么美的月光曾温柔地抚摸过自己的脸。便明白，也许，许多美好一直都在，只是自己的心封闭着。

世间的美好从不因人的高低贵贱而增减半分，就像明月照耀着江海，也照耀着小溪。当你于世事艰难中辗转愁眠，要知道，美丽的月光曾温柔地抚摸过你的脸啊！

二

那一年是最艰难的一年。我第一次高考因病失利的时候，那个秋天，在工地上干活，是力工，每天都与脏累相伴。

一到晚上，浑身像散了架，躺在工棚的木板铺上，头脑里却是异常地清醒。好像有着绝望，又似在黑暗中挣扎，身体上的疲累减轻不了精神上的折磨。有那么一个夜里，忽然惊醒，黑黑的工棚里都是此起彼伏的鼾声。有时恨自己从梦里醒来，张开眼睛就是黑暗，遗忘的种种都会清晰地涌上来。

蓦然，一点光亮便走进了我的眼睛。那一小块圆圆的亮斑，就在对面的木板墙上，我顺着它的来处，看到棚顶的一小条缝隙，外面一定是圆月当空了。那个夜里，我就看着那一小片月光在墙上慢慢地移动，心里宁静无比。仿佛有着什么魔力一般，黑暗中那点点光亮，直映入心底。或许，只有在极黑暗的处境里，才会如此亲切地发现，平时忽略的一点光，有着怎样的动人之处。

是的，就算人生的际遇再黯淡、再坎坷，生命中的美与希望，也会如那一小片月光般，于某个缝隙中潜入，让一颗心有了温柔的亮色，然后，梦想便会生生不息。

三

认识一个小女孩，先天失明，十四年的生活就是在无尽的黑暗中度过。她曾说过，因为从不知道光明为何物，所以并不觉得什么，只是不知道人们说的万物是什么样子、什么色彩，心里很难过。她还说过，可能是已经麻木得疲惫了，习惯了黑暗，想想万物，也没有什么具体的感觉，触到、听到与看到肯定是完全不一样的，便也不再去想。

事情改变在十岁那年。那时她喜欢上了音乐，最爱听钢琴曲，尤其是那首《月光曲》。她知道那是贝多芬弹给一对盲人兄妹的，所以更有感触，她觉得在音乐的流淌中，真的看见了皎洁的月光，以及月光下静静美丽着的一切。那样的时刻，她的麻木疲惫便都消散于无形的手指中，心儿恬静得能滴出露来。

十四岁那年，好消息传来，她的眼睛能够通过移植视网膜来恢复视力。这让她兴奋了许久，猝然而来的希望，激起了心中层层叠叠的憧憬。后来，手术成功后，眼上还裹着纱布，她却乞求医生，说："等可以看到东西时，能不能在有月亮的夜里给我拆去纱布，我想第一眼就看见月光！"

那个夜里，拆去纱布后，熄了病房里的灯，拉开了窗帘，她才睁开眼睛，她看到了月光，无数次想象中的月色，以及月光中身旁的亲人和朋友。

她说，从此，她再也不会感到疲惫，因为美丽的月光会照耀着她永远的幸福。

• • •

未展眉

眉峰若蹙，目光低沉，在大街上，在车上，在工作中，我们常能看到的一种现代人的表情。仿佛周围都是烦扰着的种种，日复一日的琐碎和沉重，竟很难让我们在独自的时候，扬眉微笑。皱眉也成为一种习惯，仿若固定在脸上的神情，任春风荡漾，也舒展不开。

更多的时候，我们是因为愁绪茫茫，多是缘于不得志，或者对生活、对工作的不满。对工作的不顺心，对命运的抱怨，对日复一日平淡日子的积累，甚至对望不到前路，或者一眼便望到了人生的终点，都会有着一种无力的怅惘。于是心意沉沉，难得开怀。

其实，以上的种种，我们每个人都在经历着，生活毕竟不能以自己的喜好而变化，有时候，我们能做的，是去适应，去习惯。当然，那不是一种麻木，不是随波浮沉，而是一种心的融入。不管怎样的生活、怎样的工作，即使你喜欢也好，不喜欢也罢，只要身处其中，就用心去体会，自会有不期然的欣喜。所以说，造成我们眉头紧锁的，不一定是环境，不一定是际遇，而是我们的心境。

而有些时候，一些人双眉深锁的样子，却有着一种动人之处。

比如一个人在为工作、为学习而深思，或凝思，或奋笔，眉头的紧蹙与舒展之间，就像一个劳动到收获的过程，有着一种直入人心的魅力；或者在思念远人之时，才下眉头，却上心头，流淌着的却是一种最美的情感，就像元稹思念亡妻时写下“惟将终夜长开眼，报答平生未展眉”，那样的时刻，他的眉头也应是紧皱，放飞着最深情的思绪；抑或那样的时刻，仿佛什么都想，又仿佛什么都没想，就是有所思的微妙心理，双眉微蹙间，会有一种别样的风情。

我们在彷徨犹豫之时，在面临选择之时，也是皱眉不知所措。很多时候，我们选择的之所以会后悔，就是因为，我们不是按心里真正的意愿去选。就像当年高考时报志愿，我们所选的学校，极少是自己喜欢的，而是自己分数能达到的。所以，我们常常是选择容易进入的一扇门，而不是选最想进入的那扇门，进去后，才会后悔，才会沦陷了一生。只要坚定心里的希望，就去选择喜欢的，哪怕真选错了，也不会后悔。而去选择容易的，肯定会后悔。所以，无论什么样的选择，跟着自己的心走，就不再会愁眉不展。

就算我们选择错了，也可以另起一行，重新开始。如果一味地自怨自艾，那么，在你紧锁的双眉间，就会匆匆错过许多本该有的美好。就是不管怎样，心里的希望不能改变，就像有人说过：我们不是为了改变生活，而是不让生活改变我们。

当然，人的一生中，不可能没有眉头深锁的时候，只是不要时间太长，不锁住希望，不锁住心的温度，皱眉也是一种美。生活本就是平凡的叠影，总会有烦恼忧虑的时候，所以皱眉也是常有的事，只要不皱出不可磨灭的印痕，那么，生活依然是欢乐幸福的时候更多。

所以，没事的时候照照镜子，看看镜子里的那个人，眉间是否已经没有了距离。生活越烦琐，心就要越开阔，晓看天色暮看云，生命总有让我们笑而开怀之处。不管流年匆匆，不管繁忙劳碌，抬头看云，低头见花，哪会有展不开的眉头，哪会有常驻的烦恼，一切都是赏心悦目的所在，只要心里住着不散的美好。

• • •

站成风景，站成梦想

在小兴安岭的山岭间，常可见到生于岩上的树，它们就站在那里，任雨雪飘飞，仍携一身云岚；任山风浩荡，仍飘摇成动人的舞姿。那一种站立，是站在世人眼中心上，站成一种无言的执着。

可是在尘世间，有那么多的身影，也在我们眼中站成一抹风景，给我们长久的温暖和力量。记得多年前，有一次涨大水，当地的一个领导站在最危险处指挥抗洪，堤岸坍塌，他也消逝于巨浪之中。第二天的报纸头条，都是他站在江水边的身影。许多人记住了这个身影，那是每个人心中的守望和希望。有的人站得那么伟大，在人们眼中光芒万丈，给人以震撼和感动；而有的人，是很平凡地站在那里，却站成了另一种风姿，有着直入心灵的洇染。

曾经有一个同事，每一年的农历七月十一，他都要去沈阳南站附近的某处，就静静地站在那儿，身前摆一个纸盒，当一天的乞丐。他一直站到夜幕长垂，才黯然离去。我也是偶然的一次，在那一天遇到他。他说每年的这一天，他都会来沈阳当一天的乞丐。当年他妈妈就是乞丐，她带着他一路乞讨到了沈阳——找爸爸。爸爸没找着，妈妈却死在了这里。那时他十岁，和妈妈就住在立交桥下面，妈妈不让他去讨钱，每次她都在南站那个过街天桥那儿，她让他在附近玩儿，不让他接近她。后来他明白了，妈妈是不想让他体会那种滋味啊！那年的七月十一，妈妈犯心脏病死了，他记得当时妈妈的眼睛里，对他是多么的不放心和舍不得！后来，他参加工作后，是十八岁吧，从那时起，每一年的七月十一都来沈阳，在那里当一天乞丐，体会妈妈当年的心情，就当是对妈妈的怀念和报答。

夜色沉迷中，他站立的身影在我眼中却是那么的温暖，那是一种坚守，也是一种清澈，洗涤着世事风尘中我们蒙尘的心。有多少那样的身影，在我们生命中站立着，每一回首，就会与之重逢。

在我的家乡，当年有一位老奶奶，每一天的清晨，她都会去村东头的土路边，就站在那里，白发上阳光舞蹈着，身躯也像那些刚长成的庄稼般略挺直了些。她的目光延伸向土路的尽头，仿佛看到了未知的遥远。当太阳升到玉米秆的尖上时，土路的远方便尘土飞扬，一辆大客车开了过来。老奶奶精神一振，当车从身边开过，她的身躯又弯了下来，怔怔地站一会儿，儿子便来喊她回去吃饭，她这才慢慢地回到村里。一年四季，无论雨雪，她清晨在村口的身影从没间断过。起初的时候，儿子问她一大早来这儿等什么，她说：“等你爸爸回来！”这一等就是十年，岁月在村头的凝望中悄悄流走。

多年以后，我总会想起故乡的那个老奶奶，那每一天的身影，站在岁月深处，有着一种无言的暖与盼。那份穿透岁月的情感，从没因那条路上的风雨起落而变淡，却在日复一日、年复一年的身影中，越发厚重，重得时光都掩盖不住。

记得年轻时，曾在一个极偏远的山村当代课老师，那个时候，也正是我人生第一次失落之际，想在那天涯一般的地方，平复所有的心境。班上只有十一个学生，每天的课间，我都会给他们读我带来的那些书，给他们讲山外的世界。他们都会听得入了神，眼中闪着无限的希冀。伴随着那些纯真的笑脸，我的心也异常地平静，仿佛万虑皆宁，岭树山云都是最入心的风景。可是最美的时光总是走得最快，我只在那里待了两个多月，快要秋天的时候，终于要离开了。

离开的时候，他们送我，翻过最后一座山，到了大路上。回头看，他们的身影依然站在高高的山顶，向我凝望。走出很远，那些身影仍在，就像一幅温暖的剪影。从那以后，不管经历怎样的艰难，一想起那些身影，心里就会涌起温暖的希望。十多年后，那些孩子都走出了大山，他们对我说，是我当年给他们读的那些书，还有讲的那些故事，让他们心里有了梦想。可是他们却不知道，他们当年给我送行的身影，给了我更多的力量。

就是那些难忘的身影，在我心中站立成美丽的林，栖息着生命中所有的美好。前年回到故乡，在熟悉的村东路口，又想起了当年的那个老奶奶。她从站在村口等的那一年，就得了间歇性老年健忘症，每天早晨的一个小时左右发作，也就是那个时间，她才会去村口等着几十年前离家不归的丈夫。

那些站立的身影也许会在岁月流逝中变淡，可是那份对世间美好的守望，却永远是心底浓得化不开的眷恋。

• • •

向生命突围

更多的时候，我们是在不停地挣脱来自自身的困囿，而那些内心的束缚，甚至比境遇的艰难更让人彷徨。我们总是在一条条的路上疲累地奔走，周围太多冷冷矗立的险峰，其实最难以逾越的，可能正是心中的那一道坎。

而单单是心里一直放不下的种种，却也容易走出。比如常忧心于未来的某件事，或是懊悔于过去的一些失败不能释怀，从而使自己的心绪极为低落黯然，于是做什么事都不能静心而尽力。其实这种情况，若是有人劝慰，或是时间久了，自然就会好转。而有一种内心的羁绊，却像无形的铁门，让人不自知，甚至会有一种错觉，认为那是一种力量。

曾经有一个朋友，他一直是很努力的人，在别人的眼里，他是那种不达目标不罢休的人。只是，很少见到他有开心的时候，并不是他的梦想有多高远，事实上他抵达了不少自己的目标，而不喜悦的原因究竟是什么？有一次，我们几个结伴去很深远的一座山，听说那里景极优美，于是翻山越岭地前行，步履匆匆，恨不能一步而至。同行的一位老大哥却总是劝我们慢下脚步，并在途中不停地给我们指点一些美好的事物。于是心便平和下来，忽然发现，这途中就存在着太多让我们赏心悦目的种种。及至到了目的地，饱览美景，再回想路上所遇，心生大欢喜，很有一种不虚此行的感慨。不虚此行，其中的“行”不只是目标所在，更是路上的经历。

忽然明白，有时候，过于执着，也是一种困囿。太长远的路，并不是非要心无旁骛地奔走，若是那样，生命必然会被圈定在一个疲累的境遇之中。真正的执着，是在不放弃目标的前提下，还要懂得欣赏途中的风景，而有时过程本身就是一种结果。所以抵达理想所在时，会发现途中所得并不会比此刻所得更少，更重要的是心情的舒畅和自由。想想那个朋友，他不快乐的原因也许正是如此。

而当梦想过多过高时，或许就不能称为梦想，而是欲望。生活之中，许多欲望披着梦想的外衣，让我们深陷其中，不得自由。特别是在追名逐利的今天，我们往往分辨不出梦想和欲望，只是都是在奔走，为了某种目的，而那目的却未必是真正的目标。

卢梭说，人生而自由，却无往不在拘羁中。短短百年光阴，总是要使其充实，使其内容更为丰富。所以，就要突破时间的限制，在短暂的生命中留下更多的印痕。曾认识一个身患绝症的女子，在二十多岁的生命里，她每一天都在珍惜，因为她不知道自己会在哪一天突然离去。她的所作所为，不是挣扎，而是一种努力。无法延长生命的长度，就拓广生命的宽度。可以说，她的生命每一天都是成功，虽然不能长久，却有着最丰富的内涵，充满欢乐和无悔。

再看我们走过的路，身心通达的时光又有多久？凡世劳碌，心上积尘，似乎只有回忆是自由的。从生命的桎梏中突围，就是突破内心的封锁。有时走过艰难之后，心境豁然开朗，回头看曾经的跋涉处，都充满了情趣。而来处那些情趣一直都在，只是彼时彼境，我们的心正在被自己囚着。所以成功的愉悦，并非因为战胜了险阻，而是自己心灵上的一种解脱。

超越自己的内心，才会走向生命的广阔和自由。

第4辑

浮生半日闲

Leisure

• • •

人生中的悠然，是时光在身畔泛起的涟漪，是四时里入心的佳境，是回望中如水的月光，是思念时寂寞的芬芳。

• • •

草木为邻

与草木相处太久，便有了熟视无睹的感觉。只有在心灵静澈的时刻，才会感受到一树摇风芳草逐绿，它们就在那样的瞬间，走进我们的眼中、心里。

在农村长大，记忆中，总有那样的情景让我流连。大人在田地里干活，我们小孩子便坐在地头的树荫下，阳光在别处绽放着，我们扯下狗尾巴草，编一些小猫、小狗。或者就伏在草丛中，寻找那些隐匿的小精灵。有时会比赛爬树，头顶密密的叶片投一脸斑驳的碎影。这是与草木最初的亲密接触，也是最后的纯澈情怀。在成长的风尘中，草木只在寂寞时走入眼睛，再也不是儿时无忧的心境，它们已经承载了我的太多心绪。

在我工作的这个城市，处于小兴安岭深处，四望都是连绵的山岭，树们就铺满了视野，满眼的绿。闲时远眺，颇为驰心骋怀。而窗前的两棵樱桃树，却是以更细腻更生动的形象与我相对，常常凝神于风中摇曳的每一片叶，仿佛它们的每一次轻微抖动，都会把思绪带到很远、很细微的一种境界中去。

从小大到，那些树，那些草，不管我走到哪里，都在身边围绕葱茏，就像我走不出对故土的思念。一年一度的秋黄春绿，一如心底的潮起潮落，轮回着无尽的眷恋。“离恨恰如春草，更行更远还生。”有时我会觉得，每一个人都在追逐着草木的轮回，而放逐着自己的情绪。

一直以来，我都以为别人和我差不多，伴随着草木而走过一生。可是去过西部几次，发现那里的草木已成罕见之物，特别是那种连天芳草、无尽森林，几乎是传说中的所在。和那里的孩子闲聊，说起大草原、大森林，他们并不是一无所知，反而给我讲了许多，在他们的想象中，那是最美好的家园，就像心里的梦想。

原来，与草木一直相伴的我们，心里却常常一片荒芜。身处草木间，心如沙漠。而那些从没见过那么多草和树的孩子，虽然身在荒凉之地，心里却一片繁盛。所以，倒是他们，是真正的与草木为邻，草木已化作他们的梦想，他们的寄托，给他们以温暖的力量。所以，他们走过的路上，会花团锦簇。

真正的与草木为邻，是草木既在身边，也在心底。而不是每天的漠然相对，或者只是片刻的相知。即使身边没有一草一木，心里依然能够翠微苍苍。于是，再看远近的草木，竟觉得辜负了它们太久。

目光变得澄澈起来，那些走入眼睛的绿，我相信，每一天都会给我的生命染上欣喜的颜色，不管多远，不管多久，一直如是。

• • •

淡淡风

少年时读古诗，读到晏殊的“梨花院落溶溶月，柳絮池塘淡淡风”之句，便会悠然神飞，非为那梨花月色，也不为柳絮池塘，只为那“淡淡风”三个字。淡淡的风，是怎样的风？不是那种轻轻的风，也不是吹面不寒，而是蕴进了一种情感、一种体会，淡而悠长，如流动的月色。

后来，有一个秋天，村里组织人去松花江边修大坝，我也参加了。一天下来疲累至极，就躺在大坝上，不愿意回到甸子上搭的窝棚里。夜幕长垂，身上的汗已随夕阳消散，躺在依然很温暖的大坝顶上，天上有月，耳边有涛声，有蛙鸣，就在这个时候，便有风无形无迹地来了，没有感觉到它从哪里吹来，仿佛忽然就抚摸在我的脸上、身上，若不是如此静寂，断然感觉不到。没有吹拂的感觉，就像是轻轻地相拥，一种浅浅的凉意，如水般灌洗着身上的酸痛。

就是那样的感觉，就像独坐在水平如镜的湖畔，心里亦是波澜不兴。就在某个恍惚的瞬间，心里有极轻微的触动，抬眼望，但见水面上忽漾起极为浅淡的涟漪，仿佛是自己心里刹那间的微颤传递到湖面，又仿佛那一缕淡淡的风吹过水面，又吹进心底。

或是夏日的午后，躺在床上，开着窗，昏然欲睡，外面喧嚣的一切渐渐遥远成虚无。半睡半醒之间，忽觉柳絮触面，接着神思从朦胧的梦的开端拉回，微开眼，仿佛看到一缕风的痕迹，带着淡淡的草气花香，直飞进梦里，于是梦里也有了淡淡的芬芳。

《红楼梦》里说，淡极始知花更艳。其实，风淡极了，更具一种韵味。那是在狂风中体会不到的一种宁静，在长风里感受不到的一种无痕，在轻风里觉察不出的一种恬然，在冷风里想象不出的一种温婉，总是在最没有料到的时刻，拥你入怀，给你一份长长的回味。

淡淡的风就像一种情感，不火热，不疏远，总在最恰当的时候，才能体现出那一份可贵；淡淡的风更像一种情怀，不留恋，不张扬，却把一种美好暗送，在最不期然的刹那。

所以，淡淡风牵着我的所有美好感触，在无论怎样的长路长夜，都能吹开我浅浅的真心笑容。

• • •

浮生半日闲

在这样一个夏日的午后，独自站在河边，山青树绿，竟是如此地清闲。这样的心境，在尘世的劳碌之中，许多年不曾有过了。

眷恋足缓缓走着的波纹，有歌声从远处传来，如此躲在夏天的深处，向岁月的彼岸遥遥观望。曾经的来处，雾霭苍茫，就如芦苇丛中升起的朦胧圆月。透过往事的烟尘，所有让生命感动的点滴刹那，涟漪般漾上来，让心变得柔润如初，仿佛时光的沧桑还不曾漫过。那些平日里纷扰的琐事，让它半随流水半入尘埃，让回忆的幸福将心占据。

白云在天上勾勒出千变万幻的景物，太阳炽热的手掌轻抚大地，也在我心底印下温柔的指纹。行至水穷处，坐看云起时，风衔来山鸟的啼鸣，万物静观，皆与我心有戚戚焉。人常说熟悉的地方没有风景，非是对那些美景熟视无睹，而是让心于红尘扰攘中渐渐尘封。给自己这样一个安宁的下午，让花溪潺潺濯洗风尘，于是云破月来，再度开启生活的美好之门。

就像给生命留白，在长长的岁月里，能给自己这样一个清闲的下午，哪怕只是一个下午，也会天高地阔，生活就宽广起来。是的，我们与从容生活的距离，有时只是隔着这样一个有阳光有微风的夏日午后，抑或隔着一颗拥挤的心。

大声地唱起跑调的歌谣，群山回响，发现自己的声音竟是如此率真，欣欣然融入自然的乐章。也会有淡淡的怅惘，那只是回望前尘时略带遗憾的幸福。也会有微微的愁绪，那只是满目葱茏中对无忧年代的怀念。曾经念念间远去的，此刻如近在身畔，那些真实的心跳与感动，在岁月的长河里如逆流而上的鱼。

没有竹林僧话，没有昏昏睡梦，有的只是鸟鸣山幽，仿佛隔断红尘，任心悠悠于万物之表。忽然间惊觉，那些过往的岁月，也许只有这一刻才是最真实的。没有伪装的笑脸，没有人前的矜持，轻轻松松，素面朝天。其实，此时此地，没有主宰命运的君王，无须朝拜，那就以一张不修饰的脸去面对天地山河吧。

我知道，下得山来，过得河去，等着我的，依然是琐碎的日月与流年。可是能有过这半日，就足够了。此刻，红日西沉，正在完成一天中最壮丽的谢幕。而我心深处，真正生活的帷幕刚刚缓缓拉开。

回望，翠薇苍苍，在无边的暮色里，已亮起了最温暖的星光。

• • •

寂寞凉凉入袖袍

常常在古诗词里，与那些漫透千年的寂寞相逢。或寂寞中带着慨惋，一如当年幽州台上的陈子昂，喟叹古今之后，在天地之间，亦是怆然涕下；或寂寞中一抹深情，就像独倚望江楼的女子，翠袖临风，过尽千帆，只余斜晖脉脉，流水悠悠；抑或寂寞同相思并存，尽在易安居士的眉头心上，在她独望雁阵的眼里，在那只载不动许多愁的舴艋舟中。寂寞中的百般情绪，与浩浩江天相接，与溶溶月色相连，与剪剪清风相伴，于是清透千古，落入后人的心间。

寂寞常在人海之中，而自己就是那座孤独的岛。虽然天高地阔，虽然空山路远，心里却荒烟蔓草，总有一种寥寥疯长成林。那是心灵上的困囿，满眼繁华，却如行空郊。长长的风吹不散心头思绪，长长的夜送不走离梦劳劳，身前身后都是寂寞的陷阱。

那些隐于山川的古人也应该是寂寞的吧。常常遥想，独坐幽篁深处的王维，弹琴长啸之余，举头见月，那是最诗意最美丽的寂寞；另一个独坐的古人，却是于敬亭山上与孤云相对的李白，相看不厌，那是最洒脱最飘逸的寂寞；而东坡居士竹杖芒鞋，于冷清沙洲之上，凝神于那只拣尽寒枝的孤鸿，却是最不食人间烟火的寂寞。

男人的寂寞，多来自于胸中块垒，一腔豪气百转之下委婉成河；女子的寂寞，多来自于心间柔思，满腹相思直映阶柳庭花。可以想象，那些宽袍大袖的古人，登高而立，眼望无极，冷冷的风注满袖口；或闺中少妇于暮春而倦，见杨柳之色而神飞，彩袖拂香，却皆是凉凉的寂寞。

我们也常常于红尘喧闹之中，忽然被寂寞猝然击中。那寂寞如朝风暮云来去无迹，不可捉摸，却让我们有着片刻的失神，那一瞬间，心神飘忽，仿佛与冥冥中某些游荡的思绪相遇。稍一细想，便逝去无痕。每个人都有这样短暂的寂寞之时，那样的刹那，却是红尘劳碌中的我们难得的片刻清宁。

总会看见那些暮年中的老人，他们于风中拄杖，立于门前，那满袖承载的，除了时光的沧桑，便是寂寞了。老人的寂寞，如一地啄食的雀，抬手轰然而散，可转瞬又翔集而来，挥之不去。那些雀儿更像一生的往事，无时无刻不在身侧栖飞，却越发地衬出冷清的光景。老人们就倚在门旁斑驳的时间之墙上，听暮蝉长吟，浊眼望世，却是白发故人稀。

如果去欣赏一个寂寞的人，会发现他身畔的时光都泛着涟漪，那样的时候，他便卸去了尘世的重重负荷，摘掉了人间的层层面具，展现出一个本真的、让人无由感动的自我。别人的寂寞，是我们眼中的风景。寂寞中的人们，都是最真实的。

我们也总是把自己的寂寞赋予那些无知无觉的存在，于是，天上的残月，就成了垂钓相思的玉钩；阵阵的晚风，就化作长长的叹息；甚至暮色中的一棵树，也站成守望的姿态。或许它们就是我们某些情绪的化身，是我们寂寞的背景。想想看，人生短短百年，从出生到故去，中间有着多少无奈、无聊，有着多少荒芜的光阴，所以总是有人会浩然喟叹：人生，真是寂寞！

是啊，走在风雨起落的路上，那些长长短短的寂寞，给我们心中留下了多少浅浅深深的印痕。当走过无数的水阻山隔，当风景皆已看透，才会发现，寂寞其实是一生中浓得永远化不开的苍凉。

• • •

浅睡

极浅极淡的睡眠，是现实与梦境的衔接处，在那样的时刻里，时光都仿佛澄澈而凝固，宁静无比，却又灵动异常。

常常是在最不经意的时候，或者是看书看得朦胧，或者是想事想得模糊，便悄然合目，走进一个神奇的状态。刚才所读的书中情节，还在下意识地流连，刚才所思的一些事，也在慢慢地流淌，就像在酝酿着一个梦的开始。

而且对周身的一切还有着感知。窗外流进来的清风，拂在脸上的清凉，那些花香草气，依然氤氲着心境。远远的鸟鸣，还有街上传来的叫卖声，都被过滤成一种恬淡的声响，仿若隔世，成为半睡半醒间的温暖背景。就如远山的剪影淡淡于雾霭之中，就像暗蓝的夜空中，轻轻涌动的薄如轻纱的云。

思绪就这样静而灵活，不知是自己心中的所想，还是梦里的发生，有着一种亦真亦幻的难以捉摸处。若就其中一个情节仔细去想，便会豁然而醒，脱离了神游无极的状态。于是便将心儿随意着依，却不过久停留，就像尘世的繁杂化成一朵花或一片花的绽放过程，无法细究的美。

浅睡易醒也易眠，抑或就是醒着或眠着的一部分，心若偏倚，便会跌入两重天地，或现实，或梦境。只是浅睡的过程都不会太久，或醒或梦，就像清醒与酣眠之间的过渡。那是极为难得的体会，常常在一梦而起后，忘了睡之初的美境。

就如人生中的某个片段，一面是现实的艰难，一面是梦想的璀璨，而身处其间，却平静无比。那个时候，现实和梦想似乎都离自己很近，跳动的心儿轰鸣着两方天地；现实和梦想又似乎都离自己很远，都在别处美丽着，看得见，感受得到，却不知如何走近，追逐一方，就会丢失了另一方。

浅睡是一种休憩，也是一种放松，是劳碌中把心灵放牧于虚实之间，去观望、体会那些被世事磨淡的美好。就算继续下去是沉睡，醒来也会觉得神清气爽，消散了许多的疲惫挣扎；就算于浅睡中惊醒，那些于梦幻中的所闻所见，仿佛被镜头拉近，音量调高，红尘再度入耳入目，却别有一番感触。

所以说，浅睡是可遇而不可求，遇见了，且去流连，在难忘的情境中，让灵魂自由栖飞。然后，或眠或醒，都是最美的际遇。

• • •

夏日喜盈怀

一

初夏，阳光暖暖，还有着春日的气息。岭上的树已初具浓荫，南来风吹拂着欣然的河水，荡起层层笑靥。我便走入群山深处，任足下青草带露，打湿斑斓的心境。

我站在山的背阴处，蓦见谷中有洁白的一小片，便下去看。在谷中深处，风吹不到、阳光照不到的地方，一些积雪就在那里静静地洁白着。在这五月的天气，我竟与雪邂逅，心中有着一种无言的震动。

久久凝视着那些最后的雪，仿佛生命中多了一份清凉。于是于感动中明白，或许人便如这深谷之雪，当身处最低谷，当在最艰难黯淡的境遇里，更能长久地保持一颗洁白之心。

二

最喜欢夏日的宁静。

阳光如火的午后，躺在床上，手捧书卷。长长的风透窗而入，片片柳絮扑帘沾帏，遥望碧蓝天空的深远处，一朵云悠然飘荡。睡意袭来，便抛书而憩。半睡半醒之间，随风传来小贩的叫卖声，远如隔世。这样的时刻，心极平和，万虑皆宁，生命中的所有美好都悄悄涌动，成为美梦的序幕，微笑而眠，梦里也是一片盈然。

当身处际遇的繁杂与纷乱中，也应让心里保持一份宁静，让那些美丽流淌成生命中的花溪潺潺，如此，即使烈日如焚，亦会感受到长风的清凉，触摸到梦想的丰满。

三

有一年夏天，行走在途中，周围都是七月的旷野，村廓遥远。便忽阴云密集，狂风骤起，四野黯然，草木无光。虽然刚才一直红日高悬汗流如洗，可这突然的转变，让我心生慌乱，脚也在风中凌乱起来。霎时大雨如注，衣衫尽透，便索性不寻避雨处，脱了衣服，任雨水冲洗。

片刻雨住云收，蓝天依然，草木之色鲜翠欲滴。心中忽生欢喜，仿若心上尘埃亦随雨水尽去，头顶的太阳也不那么火热炙烤了。便伴随着一种欣然的力量，继续前行。

行走于人生长路上，总会有风雨起落，总会有无可避依之时。其实，只要敞开胸怀，风雨也只是一种洗礼，可以濯亮我们眼中尘封的世界。而风雨过后的万物，会更美丽，更让我们去珍惜。

四

常于三伏之际去江里游泳，不求击水三千里，只为那份清凉与畅然。

有一次在松花江里，与一老者同游。我们起初奋然逆流而上，游至最后，皆疲惫不堪。想着上游该是美好的去处，所以心中颇有懊恼。老者却是洒然一笑，仰卧在水面上，悠然随江水漂浮。我也学老者的样子，躺在水面上，望着蓝天白云，心便忽然平静无比。就这样随波逐流，当我们恢复体力时，起身而望，两岸竟是芳草如茵，花开遍野。所有的遗憾一扫而空，心里满是欣然的喜意。

人生中的顺流逆流，或许都是正确的方向，只是我们执着的心，让本该愉悦的旅途充满疲惫艰辛。逆流而上，追寻的是一种探索的源头；顺流而下，或许能抵达一个丰盈的所在。更重要的是，累了的时候，我们且放任身心的去处，也许就不会错过生命中许多的动人风景。

五

记得儿时，在炎炎烈日之下，大人们都去田地里锄草。庄稼的清芬凝固在闷热的空气里，黑土地上的暑气扑面而来。极喜欢那样的劳动场景，虽然自己亲身体验过那份艰辛，却依然眷恋那一刻的汗水。后来听说，现在的农田已不用锄草，耕种时施下的化肥，已然可以使寸草不生。心下欣慰的同时，也有着一种失落。

去年回故乡的小村，庄稼长势正好，我细看之下，果然无杂草伴生，广阔的田地里，绝少人迹。心中的失落感更浓，正自嗟叹，忽见不远处的一处田地里，有一老者正在挥锄。便涌起无边的感动，忙奔将过去。老者的田里，依然有杂草在生长。我疑惑，老者告诉我，他从不用那些去草的肥料，宁可自己来锄草。

我知道那些肥料总是对身体有些害处的吧，如老者般亲自动手，更天然更好些。可是老者却说："我倒是不懂那些。我在地里干了一辈子的活儿，要是连锄头都不用拿了，还真是不习惯。虽然挺热挺累，可是干完活儿，看着地里的庄稼，就舒坦了。回到家，老婆子做好饭菜，喝上一盅酒，就着凉风睡上一觉，美着呢！"

随着老者的讲述，仿佛又回到了儿时的生活，心中的喜悦伴着感动流淌成河，是啊，人有时就要自己找些乐趣找些满足，便是在艰难的时候，也是幸福生长的土壤。我拿过老者手里的锄头，在阳光下，走向那片欣然的庄稼。

• • •

时光散记

一

有亲人相伴的日子，蓝天多了一份深远，大地多了一份厚重，生命多了一份深沉的内涵。

起初的时候，我们接受着亲人的爱，成长的过程中，又渐渐地回报那份爱。再后来，有了自己的子女，开始付出那份曾经接受的爱，在渐老的年华里，又开始接受子女回馈的爱。一如日与月的交替，火热而纯净，于是有了无数美好的日复一日，于是有了一生中最美的牵挂与欣慰。

有人说，不管你七老八十，只要有母亲还在，你就永远是个孩子。在母亲面前都是孩子，那份母亲对孩子的爱，无论十年百年，不管千里万里，总是无法割舍。已经和生命融在一处，是生活中最暖的欣幸与告慰。

有亲情围绕的日子，永远是最纯美的时光。

二

仿佛花季里随风洇染的芬芳，仿佛雨季中难得的云破月来，爱情总在最猝不及防的时刻，给人以不期然的心动。

白天里的轻喜与悄愁，黑夜里的思念与怅惘，交织成一段岁月里最刻骨铭心的楼台蝶梦。既然有过那么轻柔的月色，还有如桂香飘散的心绪，就算不能同路同行，就算不能执手偕老，就算明朝陌路天涯，时光也会把这一切镌进生命中最柔软的角落。

也许会有一时的痛与伤，或许会有一世的思与念，可当尘埃落尽，当心如澄月空明，回首历历，那些写在流年中的情事，原来却是一生中最幸福的时光。

三

长长的来路上，总会有些人与你同行一段。他们会在你跌倒时，伸出一只温暖的手；会在你落寞重重时，为你拂去头上的层云万里；会在你幸福的时刻，多一声真心的祝福，会在你伤心的时候，掬一捧晶莹之泪。

真正的朋友，不染铜臭，不惹是非，总是恰到好处地点染着你的心境。心与心之间，朴素相依，彼此辉映，如一座美丽的桥梁，沟通着真诚的两岸。

没有人可以孤单地终老，寂寞总是一时一地，而友情如天高地阔，让你的生命自由地驰骋飞翔。有友情相随的时光，如天上最洁白柔软的流云。

四

一生之中，总会恨过一些人一些事，彼时彼境，那份怨怼那份愤懑，如翅膀上的负荷，生命也摇摇晃晃，晕眩着一片天地。

总会有足够去恨的理由，蚀心销骨，使人欲癫似狂。只是再大的浪也终会平静，当从那些暴怒中挣扎出来，心已蕴敛如水。恨被时间消磨成淡漠，淡漠又被世事沉淀成厚重。那是生命中最肥沃的土壤，可以生长出坚强的花朵，清馨四溢。

其实，如果能有一个可以用一生去恨的人，也算是一种幸运吧！常常是由最初的剧烈到最终的平静，甚至忘了恨的理由，忘了曾经那样恨过的容颜。

如果你偶尔驻足，在一个万籁俱寂的夜里，去检阅所有恨过的日子，才会蓦然发觉，那些离恨最近的岁月，也正是离爱最近的时光。

• • •

婆婆丁

婆婆丁是一种野菜，在北方的大地上，生长得最多的就是它了。

快到初夏的时候，婆婆丁便长遍了田野。这时人们便都去挖回来，洗干净，蘸着酱吃。味道微苦，苦过后却有着一种清新的感觉，如身处芳草青青的郊外，无比地惬意。那时年龄小，家在农村，村里人家生活条件大多不好，婆婆丁、侵麻菜等野菜就是餐桌上的常见菜了。我和姐姐们常挎上小柳条筐，拿着小刀去挖婆婆丁，它的叶子狭长，呈锯齿状，很好辨认。

我家的生活相对还好些，婆婆丁也只是尝鲜的配菜，而我的邻居家，在那几个月时间里却主要靠它生活。他家的小女孩英子和我同岁，一有空闲便去挖婆婆丁，那时常常去她家玩儿，她家的屋子里，便有着淡淡的青草味道。我很留恋她家的那种氛围，慈祥的奶奶，老实的妈妈，风趣的爸爸，稳重的哥哥和调皮的弟弟，虽然是全村最贫困的家庭，却有着旁人家所没有的欢乐与和睦。我们聚在她家，老奶奶便给我们讲故事，虽然那些故事都老掉牙，可我们还是听得津津有味。更多的时候，她爸爸和妈妈唱二人转，唱得字正腔圆，在没有太多娱乐的那个时代，左邻右舍都来听。

那时我喜欢和英子结伴去挖婆婆丁，在天蓝草绿的野地中，她便大声地唱歌。我喜欢听她唱歌，那年代的歌曲有着一种难得的清纯和悠远，常常让我悠然神飞。当夏天渐深的时候，婆婆丁便长老了，此时已不能食用，只能用来喂鸡鸭鹅。

英子的爸爸妈妈待她极好，虽贫困到这般地步，还是坚持让她上学。只是小学一上完，英子便主动不上了，帮家里干活。那一年的春天，英子的妈妈生病，由于没钱买药，便不得不在家里挺着。后来村里的老中医说，婆婆丁清热散火，也可以缓解病症。那些日子，英子便整天地挖婆婆丁，回去给妈妈或者蘸酱吃，或者熬水喝。那几个月，她妈妈不知吃了多少婆婆丁，最后病竟真的慢慢好了，我们都相信那是婆婆丁的神奇功效。

夏天将尽的时候，婆婆丁便开花了，淡黄色的，不鲜艳也不芬芳，可是成片开着的时候，却能给人一种心灵上的震撼。现在想来，那是一种平凡的感动，是在贫困岁月里一种对生活的温柔感激之情。

我是在上小学三年级的时候，才真正知道婆婆丁是什么。那年的秋天，我和英子在田野里玩儿，婆婆丁都已长出了细长的茎，上面结着一团团毛茸茸的小伞。我们嘟起嘴吹着，霎时间，那些小伞便飘飘荡荡地随风飞去，不知落向何方。蓦然间我才惊觉，这不就是自然课本上说的蒲公英吗？很早就知道蒲公英，可是居然不知就是我们所熟悉的婆婆丁，顿时心里涌起一种惊喜和自豪，那么多作家诗人赞美的东西，原来在我的家乡遍地都是。

后来，我家搬到了城里，远离了故乡的小村，远离了那片熟悉的田野，也远离了岁岁青葱的婆婆丁。每到那个季节，城里便有卖婆婆丁的，价钱极贵，可还是供不应求。有一次家里买了些回来，隔着遥远的时空，我竟吃不出当年的滋味，只是品咂到了涩涩的乡愁。

又许多年过去，我和姐姐们已天各一方，就像秋天的蒲公英随风飘散。岁月匆匆，人事音书漫寂寥，早已没有了故乡的消息。去年父母来我家，无意间提起了英子，说她现在可是今非昔比了。她承包了一大片田野，专门用来种植野生的婆婆丁，向城里销售，她用婆婆丁成就了自己的事业。

是啊，曾经的生活就像那些婆婆丁一般，虽然有着微微的苦，可是却能散去我们对生活的怨怼，让我们心里充满了温柔的爱意。那些平凡的野菜，就这样让我们怀念，怀念那遍野的黄花，怀念蓝天下飞扬的蒲公英。我真不知道，当我重回故土，吃着那些婆婆丁，还会不会尝出过去的味道！

• • •

步行

步行曾经是最让我流连的，虽然现在更多的时候依然是步行，可是却行色匆匆，远一些的路，再也不会用双脚去丈量。脚与土地的亲近越来越少，渐渐地远离了少年时的那份心境。

一个初夏的黄昏，雨后初晴，便漫步至城外，城市的喧嚣已被甩到身后，眼前弯弯的河水，脚踩在松软的泥土上，仿佛能感受到来自大地的厚重与温暖。许久不曾有这样的体会，每日里行走在城市的街道上，平坦的硬度却硌疼着所有的梦想。哪里会像这个傍晚，风轻水静，脚步柔柔，心里软软，满满的恬然与惬意。

忽然想起童年，家在乡下，经常与伙伴们一起奔跑追逐在广阔的田野上，即使跌倒，也如大地拥我入怀。甚至有时就赤着脚，细细的草叶抚摸着脚掌，黑黑的泥土从趾间钻进钻出，小小的我们在天高地阔间，是那样的无忧而欢乐。那个时候，与我们一起步行的，还有牛马，还有羊群，它们的足音常常敲响着将暮的大地。在那些泥泞的路上，它们的足痕一直留存，就像青草一般，年年不绝。

上初中时，学校在邻村，三里的土路，我们每天都结伴而行。想来那三里路，每天走好几次，却是回忆中最幸福的路途，虽然短，却长如一生的眷恋。有一次，帮老师家里干活，回来时天已经黑透，正是冬天，大雪不停地下，周围都是一片黯黯的白。我一个人走过两村间的旷野，只有脚踩在雪上的声音，然后是无边无际的寂静。心里也是有着细微的恐惧，特别是路过那一片坟地时，几乎是一路小跑。直到看到村里的灯火，心才放松下来。多年以后回想那个情景，恐惧之情早已消散，有的只是美好和怀念。

记忆中最艰难的一次步行，是和一群大孩子去江边。江离我们村有十几里，那时的我还不到十岁，大孩子们跑跑跳跳走得很快，我是紧跟慢赶，当爬上大坝时，早已累得不想起身。还没等休息过来，天已渐晚，然后又匆忙地踏上归程。回到家里，脱下母亲做的布鞋，脚上磨起了好几个水泡。现在想来，当时的那种疼痛，竟也成为一种幸福。

后来上大学，工作，渐渐地远离了故乡，许多年中，虽然步行过太长远的路，却很少在我心里留下印痕。也许是心境使然，不管怎样的路，哪怕是酷似从前的乡村土路，走过时，心里也只是怀念，再没有了最初的感动。即使偶尔回到故乡，走上那些曾经熟悉的路，也一样地涌起沧桑感。我知道，有些步行过的路，走过了，它就消失在现实中，只会存在于回望里，再也不能让脚步与它们重逢。

多想一直有着这样的一个黄昏，宠辱皆忘，心儿就像回归了童年的纯净，脚步那么轻盈，满怀愉悦中跨越数不尽的日复一日，跨越太多的四季轮回，跨越生命中的凄风冷雨，而我的脚依然温暖，没有疲惫，没有厌倦，心里幸福得像要开出花儿来。

喜欢那样的步行，喜欢那样的心境，所以，我要穿好鞋子，走上记忆中的那条路。

• • •

昼眠

在白天睡觉，有时是一件极美的事。在唐诗中有罗隐的“梦和春雨昼眠时”，意境无穷，还有卢纶的“估客昼眠知浪静”，把地点直接移到一江流水的小舟中，更是让人悠然神飞。更有张令问的“一壶美酒一炉药，饱听松风白昼眠”，直有一种不食人间烟火的出世之感。而苏轼的“碧纱窗下洗沉烟，棋声惊昼眠”，更有闲适日长的归隐之姿。

曾有过一段倒班的生活，下了夜班，回家即睡，对昼眠有了更深的体会。

如春日，亦不拉上窗帘，让暖阳透窗而入。外面天蓝风静，偶有鸟啼入耳。卧在床上，手捧书卷，心游无极，渐渐睡意袭来，随手抛书，心中一片祥和，仿佛春光轻笼，梦亦草长莺飞。

或盛夏，小窗半开，微风轻淌，小贩走街串巷的铃声时远时近，卧看一片闲云，悠游九天，舍前浓荫匝地，风摇叶动。或谁家传来音乐歌声，在半睡的心中，如梵音入耳。就这样闹中取静，繁华而充满烟火气息的背景，映衬着一枕恬然之梦。

秋日昼眠取其味，冬日昼眠取其暖。待得醒来，或见落叶伴落霞满窗，或见轻雪与轻阴共舞，于是欣然而起，起而生叹，虽虚度半日时光，却换得神完气足，并四时之景相与，亦叹所得足矣。

少年时在农村生活，常于夏日去村南野甸捕鱼捉雀，倦了便卧于草上，看蓝天如盖，听松花江涛声如雨，长风拂体，阳光倾洒，虫声盈耳，于是一梦无涯。醒来后不知错过了多少草原上的鸟与雀，花与鱼，却并无遗憾。

记起萧红在《呼兰河传》中描写过的一个场景，她躺在院子的蒿草丛中，吃着一种叫天星星的草果，于是便睡着了，睡梦中听得许多人声说笑，却也没有醒来。睡醒时已是黄昏，才知老胡家的小团圆媳妇来了，所以才会那么热闹。于是很后悔这一觉错过了那么好的事。

其实，虽错过了那么多的天光晴日，或许还会有不为所知的擦肩而过的美好，可是，那甜美的梦，那悠悠的神思，本身就是一种快乐，一种获得，故此，也无须嗟叹，哪怕梦外四季流转，哪怕醒来春日迟迟，也但睡无妨。

• • •

絮飞

午后，饱食思睡，在这群岭间的城市，虽是盛夏，室内依然有些凉意。于是开窗，有风带着暖暖的气息透入，有一种亲切的意味。仿佛是与温暖却又略带伤感的往事猝然重逢，夹杂着几许幸福，几多怅惘。

就在这样一种意境之中，昏然欲眠。蓦然有物轻触脸颊，瞬间惊飞睡意，睁眼看，却是一小片柳絮随风潜入。窗外漫天飞舞，像阳光下的雪花。沾帏惹草之间，也将心绪载浮载沉。忽然记起几日前看《红楼梦》，宝黛二人的咏柳絮之词，一时心若无依。从黛玉的“漂泊亦如人命薄”的伤怀伤己，到宝钗的“任它随聚随分”的洒脱自在，心中历历变幻着无数情感。

终是想起自己的漂泊，十年来的种种，不说辗转如蓬，亦如风中飞絮。无着无落，起伏不由人，表面的轻灵中透着沧桑的厚重。想起太多只身寻梦之人，无论飘浮高空，抑或宛转塘坳，终是难以持久。无法触地生根，落在何处，都是无定无依。

于是霍然而起，立于窗前，空中的柳絮任意变幻。时有风来，便欣然而上。忽然觉得，柳絮岁岁如此，或无本意，而观望之人，却赋予它太多的情感。所以凝望之时，总有习惯般的感伤或感慨。

便记起宝钗《临江仙》词中最末几句：“韶华休笑本无根。好风凭借力，送我上青云。”如果真要将人的思绪赋予柳絮，应该是这种情感。无飘零之伤，亦无辗转之恨，有自由之心，有自在之意，沉没时静心以待，有东风便趁势而起，不强求，不愤恨，行云流水般洒脱。也许，这才是柳絮真正的依托所在，如果它真的有情感的话。

心境忽便豁然。生活，苦与乐，幸福与痛苦，全由心生。从此可以不怨东风，不惹斜阳，身随心走，栖止之间，无处不是归宿。

释然，重新躺卧床上，万虑皆宁。不关窗，任风和温暖伴着轻絮而入，逐梦而眠。

• • •

草气花香

很怀念少年时故乡南边的大草甸，初夏的时候，便蕴藏了无穷的乐趣。现在想来，经过岁月的层层剥落，心里只剩下那些草与花，依然繁茂盛开，依然生长出更多的眷恋与美好。

所以一直以来，更喜欢那些在荒野中生长的花草，虽然那些修剪过的草坪和温室里的花朵更精致些，却是缺少了一种恣意的张扬和隐逸的清幽。人为的美丽，总是离自然很远，没有顽强生命力的衬托，那种美便是残缺，不会直抵人心深处。

就像回想起曾经的草甸，那些在小水泊旁的青草，参差不齐，却劲头十足，或在露染的清晨，或在斜阳涂抹的黄昏，或在寂寂无人的午后，它们从不寂寞，随风轻摇成欢乐的姿态。“独怜幽草涧边生”，其实我觉得它们并没有一种怅然的孤独，虽然生长于幽深之处，却自由而无忧。

青草也是有着气息气味的。许多人都会钟情于花香，其实草气也同样入心。在旷野之中，青草气息弥漫，反而会被我们所忽略。草气就像氤氲静默的海，花香却如灵动流淌的云，互相映衬着，把那份感动悄然释放。即使到了深秋，百花已谢，草亦枯黄，依然有着一种醉人的气息。那些枯草所散发出来的，是一种带着西风味道的淡香，没有了百花之香，这气味便越发明显。就像是成熟的气息，却比庄稼的清香多了一份淡雅，仿佛瞬间弥漫在心上的恍惚，会勾起太多的思绪。

而花香却繁杂了许多，每一种花都有着不同的芬芳，不同的人也喜欢不同的花香，这似乎都与自己性情或某种心绪相契合。花香的洇染所引发的各种意境，每个人都不一样，而花香飘浮于不同的情境中，更是神飞处处。比如月下花影，暗香浮动；比如旅途寂寞，忽见幽花树明；或者踏雪寻梅，清香满溢；或者凭栏临水，风荷送暖。多少情怀都是这样于不知不觉中暗暗生长，在彼情彼境中遇到最真实的自己。

人的心绪有时候就像花香般，那是灵魂的香味，是人格的魅力，因人而异，也因人而感应。或野花般的奔放浓烈，或幽谷之花的安静恬淡，落在不同的人心上，会有着不同的感受。闻香而识人，才是心灵的相融。而我更喜欢那些如青草般的平凡之人，他们不张扬却默默点染，不浓烈却恒久如昨，花气袭人固然可喜，草香入帘更具情趣。

我们常常在大自然的草气花香中心旷神怡，得到短暂的解脱，然后再融入尘世的奔波劳碌，一切都如梦消散。其实，我们更应该善于寻找和感知生活中的草气花香，或许是先在自己的心里植下那些芳草鲜花，就能引来更多的美好。我们的心太浮躁，又于浮躁中麻木，于麻木中结茧，甚至即使面对草原花海，也没有清香盈怀。心若恬然，一花一草之微也可以是美丽的世界，生活依然是原来的生活，却再不会那么累。

再想少年时的大草甸，多像我们的生活，充满着美和情趣，也充满着泥泞和艰险，可那时的我们多么快乐。因为我们不是为了什么，也不是把目标当成负担装在心里，只是那样去走，那样去感受草气花香的浸染，想得到的，低头间便能看见。若是苦苦追寻，就只会记得脚下的坎坷，累而无趣。

让草气花香一直在心底充盈着吧，你会发现，转眼间世界已经桑田沧海。

• • •

小走，小坐，小憩

脚掌轻轻地吻触大地，感受每一步的心情，眼睛里的风景缓缓地游走，悄悄地在心上生成一滴又一滴的感动。于是流年很慢，日子很暖，心境很安。

很多时候，我们会发现，急匆匆的脚步竟追不上闲淡的步伐。所以，小走，并不一定慢，一个“小”字，既是时间上的短暂，也是心境上的无求。而小走，也并不一定是赶路，却能于不觉间走出很远。它更是心绪的一种释放，是自然而然的一种融入，是情感与天地的一种契合。

于是不知不觉地收获，采撷了途中的感动，也抵达了梦想中的归宿。小走一下，有时候会胜过日复一日地跋山涉水。小走，是一种悠然。

所以，“小”的境界，却包含许多天地，也并非可遇而不可求，只要我们能遇见真实的自己，就会身心俱在自在之中。

比如说小坐，那是一种随时的停留，并不一定是为了休息，也可能是为了流连一下周遭的风景。或水馆山亭，或闲石野树，或板桥土垣，凡心驻处皆可一坐。脚解放出来，眼睛和心灵却开始驰骋。目光到处心也至，于是心上便积了层层叠叠的美好。

常常是坐在那里便神飞无极，仿佛尘世间的繁杂都在眼中、心里淡去，留下的只是那些濯亮眼睛浸润心灵的种种。而所有的烦恼更是早已散去无痕，在刚才的小走中，在此刻的小坐里。心里有的，是极为柔软的细微感触，似乎每一丝风都能牵来无尽的感动。

小坐，是一种怡然。

而小憩却是真正的休息，主要是精神上的舒缓。小憩与小坐有着许多共通之处，小坐有着“万物静观皆自得”的意趣，小憩却是一半现实一半梦境。闭上眼睛，身心皆轻若无物，精神极度放松宁静，只余一丝一缕神思游荡于天地之间。或许只是现实中的片刻，却是浅梦里静静然的千年。

小憩的时刻，时光在身畔凝固，岁月却在心里泛着涟漪。外界的一切都浅淡成遥远的背景，朦胧间却又能有灵动的感知，非眠非醒，非真非梦。就像刹那间便已沧海桑田，张开眼睛，尘世间的一切都有了一抹生动的亮色。

如此的小憩养人，胜过昏睡终日。小憩，是一种恬然。

由此可见，许多的“小”，原本蕴含着人生的大境界。

• • •

携一袖月光

月下长风注满衣袖，似乎是古人之风，可是细思起来，在我们的无数过往里，也有过太多那样的夜晚，有月相随，心绪恬淡空灵。只是红尘漫染，我们走过即忘，仿佛眼前都是前路的风尘，覆盖着生命中的美好。

七八岁的时候，常和大人划船去村西的大水库里打鱼。有一次回来得晚，天便黑了，月亮很大，在东边天空静静地悬着。当时身在小舟中，荡漾中看天上月，看水中月，长长的风轻轻流淌，满袖的清凉，仿佛月光也倾满胸怀。那时的我还不懂古诗词中的那些意境，只是在那个刹那，心中有了莫名的感动。虽然许多年过去，也常常于世事风尘中回想起那个夜晚，想起那一轮月，那一叶小舟，还有舟上发呆的少年。

第一次劳动是在少年时，和村里人去江边修大坝，一天的活干下来，让我疲惫至极，别人都去喝酒，我则躺在大坝上不想动。有月当空，涛声盈耳，全身心的清爽，疲累尽去。便起身下到江畔，江风浩荡，挟裹着柔柔的月色流入我的袖口。那一刻人世遥远，仿佛天地间只有我一人，站在月亮底下，思绪飞舞成梦想的形状。

现在的我常常想，月光依然是从前的月光，可是，我什么时候丢失了曾经的自己？站在月下，如水的月色再也不能洗去尘世的劳乏，心上的尘埃厚重，阻隔着天地间的长风。后来，听一个老师讲古诗词，讲《春江花月夜》时，他说“月行却与人相随”一句，并不是我们单纯看到的那一轮月，而是心底的那一种感动一直在。恍然间明了，月光一直如此，是我们的心境再不能与之契合。

有一年走夜路，彼时已经在尘世中辗转多年，当时正是秋天，行走在半枯的高高秋草间，踩着自己的影子。就这样追逐着自己的影子走了许久，竟不曾举头去看那一轮月。只是一阵风来的瞬间，不经意抬头，那月就在头顶，跟随着我的脚步。甩动的衣袖再次感受那份清凉，恍惚间就像时光重叠，原来童年少年时的那轮月一直不曾离弃。而我却常常凝视着自己的影子，却忘记了别处的皎洁。有多少人如我般，追逐着自己的影子，却无睹美丽的月光，影子如欲望般，让我们的脚步随之奔走，而满世界的月光，独不能照亮脚下。月与人相随，没有了那份心境，带给我们的，也只能是阴影。

就像一个朋友曾给我讲过，有一年他在外地，给一些小工厂清扫烟囱里的积尘。由于白天工厂生产，他的活一般都是到了黄昏工厂下班后才开始。他每次干完活从烟囱里钻出来，满身满脸的灰尘，起初的时候，他都是匆匆赶回家里清洗。有一次，他出来后，忽然就发现月色很好，便慢慢地步行向家里走，浑然忘了身上的脏与累。他说：“当时只觉得心情忽然就好了，没有了以前的抱怨。”当他后来开始文学创作后，曾多次回忆那个晚上，觉得那夜的月光把灰尘与疲惫都变得生动起来。只要携一袖月光，即使在世间奔走，依然会觉得惬意，心生感动。

那些让我们眷恋的月光，其实更如我们最初的梦想，走着走着，梦想变成欲望。而当我们万虑皆宁时，随月光倾满衣袖漫上心头的，就是最初的洁白。也许，这正是生命的意义所在。不辜负曾经感动过我们的月光，人生的长路上才会一片光亮，即使任重道远，也只是一个愉悦的旅程。

• • •

细细长

每个无眠的夜，都会想起李商隐的诗句，“重帏深下莫愁堂，卧后清宵细细长。”清宵长夜，更漏细细，思绪细细，一个静而寂的晚上。那样的夜易起思念，日间被琐碎湮没的种种，都在此刻苏醒，如潮般涌来。

有时总会想起一些人，那些人都在生命深处温暖着，把一段岁月点染得充满眷恋。静下心的时候，我们会发现，有那么多人会被想起，或亲人，或朋友，或爱过的人，甚至一些给过我们感动的陌生人，也会在心底重现。那些旧日的时光，因为有了那些人的存在，而变得格外美好。有时想起一些曾经恨过怨过的人，在岁月阻隔之下，那些怨恨也早已淡去，回望都是平淡中的深味。

那样的想念，那样的夜晚，是幸福的。可是，更多的时候，长夜却是难挨的分分秒秒。那样的时刻，那样的心境，却是一种苦楚。入我相思门，知我相思苦，有人在为相思而辗转。那是一种蚀骨的疼痛，特别是那种无望的相思。若是两情暂离，相隔遥远，两心如一，却是一种甜蜜的相思。而独自的想念，却是无尽的折磨，每一秒都被疼痛拉得极细极长，若无齿之锯，在心里划下不可磨灭的伤痕。

其实，细细且长的，并不是夜，而是我们的种种思绪，或者心底涌动着的不为人知的某种情感。这样的思绪不只是在夜里，有时在日间某个瞬间，也会突然出现。或者看到一幕熟悉的场景，或者一句话触动心里柔软的角落，便会悠然神飞。不知置身于何处，心却已经融入一种久违的情境中。倏然清醒，虽是片刻，却仿佛长如一段岁月。仿佛那短短几分钟，被无限分解，分解成极细微的不可数的过去的时光片段，连缀成神飞的无限岁月。

所以，总有人慨叹，说在某个瞬间，却已度过了一生的时间。细细长的光阴，除了那些痛苦相伴的，都是人们所留恋的。其实，就算那些痛苦着的怨怼着的长夜，在走过之后，回想起来，也会有着一种别样的意味，却不再是痛苦和怨怼。那样美好的思绪飘飞的时刻，却总是可遇不可求。而失眠的时候依然多，却都是为日间琐事缠杂，不能释怀，于是夜不能寐。觉得夜太长，却全然无细细之感，有的只是烦恼。

怎样让那样的时刻更多一些，我们也很少去想。遇见了，便欣喜一下，遇不见，便继续麻木忙碌。甚至会刻意让自己更劳累，好能在夜里沉沉睡去。更有人怕那难挨的晚上，于是用酒来麻醉着自己。我们经常这样，用一种麻木来淡去另一种疼痛，似乎生活之中，除了那些转瞬即逝的某些瞬间，充斥着的都是无奈。

总是我们自己在作怪，生活哪会有那么多的疼痛，哪会有那么多的怨怼，生活就在那里，让我们疼的，让我们怨的，只是我们自己的心在不甘，在自责。那么，如果心里能常驻着一种感动，一种希望，便会于抬头看云、低头见花之间，都能有一种静美落在易感的心间。日子便会悠长温暖，琐碎的也会变得细致而充满情趣。细细且长，是我们的一生，且行且珍惜，才会用温暖焐热苍凉，用感动驱散疲惫，多么美好的人间。

• • •

香腮雪，鬓间星

少年时读词，念到“鬓云欲度香腮雪”时，便总会在眼前浮现出一个女子晨起梳妆的情景，青丝红颜，多美好的年轻时光。后来经历世事沧桑，读蒋捷的《一剪梅》，“而今听雨僧庐下，鬓已星星也。”扑面而来的，却是老已至的感慨与凄凉。时光的流逝，强烈的对比，这是每一个人都要经历的过程，不同年龄时的得到与失去，却全然是不同的心境。

当香腮之雪移动到鬓间，便已是朱颜辞镜了，而且现代人一般到了中年，便鬓已先斑，“此翁白头真可怜，伊昔红颜美少年。公子王孙芳树下，清歌妙舞落花前。”每个白发苍苍之人，都曾经是青春少年，都“曾经学舞度芳年”，只是，当鬓间落下第一枚雪，心便已远离了花团锦簇的岁月。于是有人染发，可是在心里，那些雪依然在，依然下，那是只有自己能感触到的微凉。

曾认识一个大姐，虽已中年，却无风尘困顿之相，那份静静的优雅如水映花，虽发间斑白，却掩不住年轻时的美丽容颜。听说她少年和青年时是很活泼张扬的，风风火火，活力四射，而工作后却是勤勤恳恳尽职尽责，每个不同时期，她都表现出不同的风格。用她的话来说，每个年龄段，不求有多不同，只要有那时该有的状态。忽然明白，正因为如此，她才在鬓染秋霜时如此淡然恬然。

香腮失去红润，青丝失去色彩，眼睛失去光华，就像日升日沉花开花落一般不可阻挡，对比于所得，这些失去不应称之为失去，或许更可以说是一个收获的过程。可是我们却常常不能自解，总是嗟叹时光如流青春不再，于是，头发白了，心里却怨怼愈深。青春永驻只是美好的愿望与祝福，余秋雨说过，没有皱纹的祖母是可怕的，没有白发的老者是令人遗憾的。自然而然才是最美，那与皱纹与白发无关。

人生每个不同的阶段，就像那个大姐所说的，要有该有的状态。可是，许多人却常常误解了怎样的状态和态度才是该有的，于是有了太多的遗憾。比如苏轼所说的“诗酒趁年华”，有人误解为及时行乐，误解为趁年轻多放纵，虽然当时觉得热烈无比热闹无比，过后却是无尽的空虚。到了发间星星之时，虽然不一定会悔恨终日，心里却一定会有着不可挽回的遗憾。

到底怎样才是该有的状态？其实就是自然而然，就像花儿一样，该生长时生长，该盛开时盛开，所以，明白了这些，才能从容地走过青春岁月。每个人的性格爱好都不尽相同，每个人的青春也因此而迥异，所以，循本心，顺自然，即使不能轰轰烈烈，也可体会淡中味长。当鬓间出现第一根银丝，也会心怀喜悦，就像面对一朵初开的花，就像迎接一片初临的雪。

少年到老年，青丝到白发，隔着那么多的时光，浮沉于其间，心却可以始终微笑。即使香腮雪融鬓间星现，也都是美好的所在。

• • •

枰间清思

松云之下，石桌之上，长风浩荡之中，楸枰间黑白纵横，天圆地方之间便风云弥漫。这是我少年时便常神往的一个情景，却身居乡野，难觅一师长手谈，只好怅然而神飞。

那时倒是学会了象棋，虽然只是入门，倒也兴趣盎然。常携一棋袋，去田间地头，等劳作的人们休息，便在树荫下展开厮杀。后来随着成长，生活渐渐被各种东西填得满满，不知何时丢了心爱的象棋。

初中时终于接触到了围棋，便一下子陷入。那是一种和象棋完全不同的感受，象棋总是越下越激动，围棋却是越下越平静。那些日子，睡梦中都是黑白交替，仿佛天地都是棋局。

都说象棋是入世，围棋是出世。象棋中学会计谋，围棋中懂得自然。象棋棋子越下越少，最后难免会有苍凉悲壮之慨；而围棋棋子越下越多，终至融和而天地成形。象棋是一步一步走向盛极而衰，胜亦惨胜；围棋则一枚枚填至圆满，负也盈然。

高中后，再也没时间下围棋，象棋还是偶尔会下。因为象棋时间短，要下围棋也没有那么多的闲时，所以，虽然心中仍是眷眷，那黑白棋子却是离我越来越远。看来，入世未深，妄谈出世，终是虚幻。于是便冲入滚滚红尘，各种竞争纷至沓来，无法躲避，便尽力腾挪。极似在象棋中对弈，奇谋诡计层出不穷，既要提防，也要实施。到得最后，就算胜了，也是得不偿失。

不求在纹枰间体悟天地至理，只要在棋盘前的那一刻，心是平和的，便是难得的闲适。那样的时刻，仿佛尘世的繁杂淡去，身畔流淌着的，都是极静极美的光阴。

而就是那样的片刻清宁，有时亦不可得。有一年，工作极清闲，便常常去单位附近的一个公园散步。正是夏日，暖风十里，便听见林间有敲棋声传来。心里一喜，循声而去，见许多老者，正于斑驳的绿荫间下棋。依然是象棋，每局棋前都有许多旁观者。我也加入旁观的队伍，渐渐地由旁观者变成对弈者，气氛火热。消磨时间足矣，却是寻不到那种心灵上的宁然。

后来听说一同事会下围棋，便在无事时约棋。他亦欢然而允，我们年龄相若，可是一下起棋来，却远没有想象中的感觉。心绪很难平静，就像心中纠缠着的红尘种种怎么也拂之不去。后来终于作罢，看来依然未到出世之时。

幽窗棋罢指犹凉，想来便令人陶醉。可是幽窗虽有，闲淡的人儿也有，却是不闻永昼敲棋声。许多人在网上下围棋，我也曾试过，可是，却是完全不同的情境，远没有凉凉的棋子捏在手间的细微感触。

有一次和一长者谈起围棋的事，他却说了一句让我顿觉天高地阔的话："一个人下棋的感觉也很好！"以前虽然也曾在书上看过自己和自己对弈的事，只是觉得那是一种境界，从没想过去尝试。那以后，闲极时，我常摆上棋枰，一人掌空黑白阴阳，确有大乐趣在其中。

棋到此时，已不再是纷争，更是一种超越和超然。

如今已是中年，果然万事平和。下棋时也能心若无物，时光仿佛停驻于方寸之间，年轻时的心浮气动不再，只余岁月如溪，映照着所有的美好。

即使无棋的时候，心中依然有着楸枰，一如天有星辰。便觉生命开阔自然，抵达人生的本真。

• • •

淡欲有书

天气晴好的午后，终于放下手机，走进了新华书店。已不知有多久没来过，一楼已经变成了商场，书店已被排挤到了二楼和三楼的空间。书依然很多，人却极少，冷清无比。后来又去了趟图书馆，不管是外借部还是阅览室，依然是众多的书和寥寥的人。

记得中学的时候，我们常常去书店，那时还不是开架售书，我们只能隔着柜台，看着那些书的封面暗暗地心痒。或者在周末，相约去图书馆，在阅览室里静静地看杂志。那时的光阴很缓慢也很宁静，有时候去郊外玩，也会带上本书，坐在河边的草地上看上一会儿。而且互相之间借书已是常事，总是感觉这个世界有了书，真好，可以让我们的心自由地栖飞于那些情节和情境之中。

而现在的状况，所有人都了解。还能坚持着读书的，或者能对书有着那种清澈的情感的，都拥有着这个越来越繁华的尘世间最淡泊最怡然的心灵。有的人用手机看了许多书，而且每天都看，看到很晚。起初的时候，我也这样，后来在眼睛越来越模糊之后，还是更眷恋于纸质书籍的那种存在感。特别是翻动书页时，手与纸张的接触，细微的感受，就如轻轻接近一个故事的美好。且不去说手机的影响，只说书的变迁，从形式到内容，总让猝不及防的我有着深深的失落。幸好书店还在，图书馆也还在，它们还在坚守着，等着迷失的我们。

让书失去了生活中那么美好地位的，并不是现代生活的繁华与多姿，而是我们的心于这样的繁华多姿中却日益苍凉麻木，许多东西都已在心底淡去，何况那些默然的书。《菜根谭》中说：淡欲有书，神仙之境。其下解释为：心无物欲，即是秋空霁海；坐有琴书，便成石室丹丘。如果心中没有各种欲望，心境便会明阔辽远，而有琴书相伴，就会像洞天中的神仙般逍遥而惬意。

欲望让我们忙碌，让我们躁动，而更可怕的是，有些欲望披着梦想的外衣，竟让我们堕落得无怨无悔。这个时候，书在哪里？在精美的书柜中成为摆设，在某一天心血来潮时的查找，在时光深处，在眼中，却不在心里。也并不是说，人不能没有欲望，也不是说，有欲望的时候就不会读书。就算每天都奔波劳碌，为了欲望也好，为了梦想也好，总有属于自己心灵的时间吧？哪怕只是短短半个小时，拿本书让心静下来，慢慢地读上几页。这是一种休息，也是一种酝酿。

书，改变的不是我们的生活，而是我们的心境，更深远的，不要去想。朴素地与书共处，不带有任何功利任何目的，心才会真正地淡然恬然，从而超然。就像那些在书店里站着看书的人，岁月都在他们身畔泛着涟漪。即使走出书店大门，如旧的生活依然汹涌而来，可是心底却已经有了一片温柔宁静的湖泊。

淡欲而有书，我们不一定要做超凡的神仙，只要能回归自然纯朴，重新成为一个烟火尘世中的凡人，守着一窗的生活，那么书就会是手中的眷恋，心头的温暖。就像遥远的朴素年代，面对一本书，人们脸上泛起的澄澈笑意。

• • •

笛自玲珑音自清

少年时喜吹横笛，最初源于邻家的孩子。他常常像画中的小孩一样，坐在牛背上，拿一支短笛，信口吹着。根本不成曲调，却别有一番韵味，很是让我们这些小孩子着迷。

后来终于有了一支自己的笛子，也是竹制，极简易，是叔叔送给我的。我每天傍晚都带着竹笛，坐在村西大坝的头上，也那么无腔地吹着。虽然没什么曲调，可是笛音悠长，却也牵动着一种莫名的思绪。

长大后，才知道笛子的材质决定着不同的音色，而竹笛却是发于自然，有着天籁之音。一如长风流过竹林，带着清凉之意，带着青青的气息，如沐月光竹影之间，流水冷然。仿佛岁月的风吹过往事的河，总会泛起一种悠然的流连。

有一天黄昏，正那么对着空荡荡的天地吹着，忽然有人走过来，是我们小学的老师，听说她是从南方来的，二十多岁的样子，已经在这儿教了两年学了。她坐在我身边，接过竹笛，就吹了起来。声音极婉转悠扬，掠过面前小河上的细小浪花，穿过坡上那片细密的白桦林，飘上无边的大草甸，飞向了未知的遥远。

她的眼中莹莹地闪着泪光。那个黄昏，她一直吹着笛子，直吹得斜阳敛尽凉月升起，她才把竹笛还我，让我明天还来这里，她教我吹笛子。那个时候，不明白她怎么会吹出满眼的泪，那笛声中有着一种细密的不可琢磨的情思，让我幼小的心也跟着沉重起来。

多年以后在书中看到一篇文章，故事中说，一个女知青，每天傍晚都要教村里一个小孩子吹笛，小孩问她吹笛时的口型是怎样，她当时也说不准。许多年后，女知青早已返城，她在给当年的那个小孩的信中说，现在想明白了，吹笛时的口型和回家的回字差不多。

多么巧合的事，只是，我不知道，那个女老师教我吹笛时，是不是也想着回家。而我也从此学会了吹笛，面对着河水，面对着白桦林，面对着更远处无边无际的大草甸。后来，女老师走了，我便不再去村头的大坝，常常坐在家门前的矮墙上，在长长的风里吹老师教的那首曲子。

“草铺横野六七里，笛弄晚风三四声。”那样的时光很短暂，然后便搬进了城里。远离了乡野，竟也少了许多吹笛的心思。只是在想老家想得难受时，才会拿出那支短笛，坐在窗前，幽幽地吹，吹老师教的那支曲子。仿佛所有的心绪全融入笛声里，随风飘回故乡。

更多的时候，会摆弄着那支笛子，便会想，在清幽竹林之中，它曾是怎样的一棵，曾陪伴过多少清风明月，又是谁将它伐下，将它精心制作成笛，又有谁曾经在黄昏里轻轻地吹响。所以笛子本身就是恋旧怀想之物，所以清音之中才能牵连着太多的清思。七窍玲珑，气息流淌成相思，往复不绝的眷恋。

再后来，更是远离故土千里之外，在那个城市中奔波劳碌，斜阳涂抹的傍晚，仍然会带上那支笛子，去郊外的河边，它周身已经被抚摸得极光滑，一如岁月走过的印痕。然后就坐在那里，在风儿和河水的流淌里，吹着那支不变的曲子。想起遥远的当年，女老师坐在村头的样子，便深深地体会了那种心情。

有一个秋天的黄昏，我坐在河边，还是吹着那支曲子。不知何时，一个小男孩站在我身后，他一直静静地听着。等我吹完，他说：“叔叔，你吹得真好，你教我吹笛子吧！”

那一瞬间，我仿佛看到了当年的自己。我问他：“你知道我吹的是什么曲子吗？”

他说：“当然知道啊！你这首《梦里水乡》吹得棒极了！”

• • •

刹那芳华

时光

一片影子在慢慢地移动，时光的脚步迈过无数个黑夜与白昼。

如水的澄澈中，却是浓得化不开的眷恋与怀念。多少流年沧桑，漫漶的是废墟，生动的是内涵。

一只鸟没入远空，如石入水，层层涟漪，叠叠心绪。走过那么多的万苦千甜，回望时只有一种感觉，幸福，是历尽了风稠雨密的超然，是渡尽劫波的淡然，是岁月酿就的一坛酒。

沉醉了回忆，清醒了人生。

落幕

每一天，每一处，都有人粉墨登场，演尽世间百态，道遍炎凉冷暖。那些观众，入戏的随喜随悲，清醒的冷眼热心，不觉间也成了角色，被人们观看。

总有落幕的时候吧！那之后，或无尽的苍凉凄清，或余音绕梁，人潮散尽，无论结果如何，都是寂寞。

更像一场无尽的轮回，重复着相似的剧幕。世界如铁打的戏台，演员如流水不绝。

正如夜的落幕，开始了太阳的登场。反反复复，希望与期待也尽在其中。

门

一扇进来的门，一扇出去的门，中间连接长长的一生。

不停地走进一扇扇的门，却发现门后的世界与梦想的巨大反差，然后再去寻找一扇出去的门。

那么多的门敞开在前面的墙上，那么多的人向门前拥挤。却很少去想，自己到底想进入怎样的一扇门，更多的时候，只是挑最容易进入的那扇，进去后，却是悔，甚至一生的悔。

就这样辗转往复，中间千万条路交叉纵横，最初的门与最后的门却岿然不动，生与死。

路

多少路上风雨飘摇，多少路上阳光普照，或者一条长长的路上，也会有风雨，有阳光。可是如果没有了行人，就不是路。

可是如果没有了同行的人，就不是一条真正的路。

风雨与共，阳光共享，有一行足迹陪伴你，再远的路，也走得安静从容。

更多的时候，走在同一条路上，走得很慢，隔得很远。

那又算得什么，可以同行同路，前方就有共同的归宿。早到迟到皆无妨，只要与你在同一条路上。

花落

伤感于一朵花的凋零，那灿烂的美好的过程，进行到极致，却是一个如此落寞的收场。

甚至有人会在花开正好的时候，就已想到了凋落的悲凉时刻。于是觉得，花开是为了花落，进一步去想，活着的过程就是为了走向死亡。

很少有人注意到，在落花的枝头，结出的小小果实。是的，这才是真正的结局。沉湎于璀璨的过程，悲悯于落红的无情，却忽视了这一切背后的收获。

过程虽然重要，结局也是最终的慰藉。

所以说，那些果实，无论大小，无论甘苦，在珍惜过的人心里，都是最完美，最甜美的。

青春

是一幅画前的构思，还未落笔，无数的色彩、繁杂的图案已经交替出现在洁白的画布上。

面对一片树叶，看到了森林的斑斓，凝神一朵花儿，泛起了无边的灿烂。

是翻开一本书前，对着封面激动的遐想；是走上一条路后，对前方的期待和憧憬。

是入睡前对行将到来的美梦舒心的展望，是张开眼睛对满窗霞光的微笑。

是的，多年以后，青春是那幅永远没完成的画，是想珍惜却又错过的那些花与叶，是对那本书缺失情节的遗憾，是那条路上擦肩而过的风景，是那场虚幻的梦，又是一生中最美的晨光。

第5辑

走得越远，离得越近

near

一所房子加上爱，就是一个家；一颗心加上思念，就是一种乡情。

无论十年百年，无论千里万里，依然念念如初，一直如是，永远如是。

• • •

东风的东

一

有一次，新转来一个同学，女孩，我问她名字，她狡黠地笑，说："老师，我名字很简单，春天的风，冬天的花！"

我想了想，说："哦，你叫春梅？"

她却摇头："春天的风是东风，冬天的花是雪花，所以我叫东雪。"

东雪是从遥远的外地来的，春天的时候，她经常旷课。有同学告诉我，说看见她在郊外的野地里玩。于是便找她来办公室，问她旷课的原因。她说她喜欢起风的时候去野外，那种感觉好极了。

任我批评，东雪也不分辩半句。许久以后，在她的一篇作文里，看她写道："喜欢东风刮起的日子，我就站在初绿的草地上，迎着暖暖的长风，有时会泪流满面。我的家乡在遥远的东方，那里有我熟悉的一切，风从东来，带着故乡的气息……"

我忽然便很后悔当初那么严厉地批评她。

二

也是一个春天，带孩子们在野外教写景作文时，一个男生就问我：“老师，你知道为什么春天刮东风吗？”

我努力回想以前曾看过的相关知识，终于记起，于是便告诉他，春天刮东风是与海洋的季风有关的。看着一张张似懂非懂的小脸，很惭愧自己也不能说得太明白。

那个男生得意地对我说：“老师，你说的我不懂，不过我说的你一定懂。为什么春天刮东风？这和北斗七星有关！北斗七星像个勺子，那个勺子把儿就指示着刮风的方向。你看，春天的时候，勺子把儿指东，就刮东风；夏天的时候指南，就刮南风；秋天和冬天指西和北，所以刮西风和北风！”

同学们听了都是一脸钦佩，我鼓掌，觉得他的想象力真是太丰富了。东雪在学生们中间，也是一脸的兴奋，钟情于东风的她，终于知道了东风的起因。

许多年后，想起此事，我在网上查找东风的起因，可是那些理由都没有当年那个男生说的奇妙。后来偶尔在网上看到东雪写的一首小诗，有这样几句：“我的心/是春夜里的北斗/在黑暗中指着东方/故乡的方向”

三

想起一件往事。

有一年春天，我去学生家里家访，作为班长的东雪陪着我。走在浩荡的东风里，东雪很开心的样子。她说：“人们用东风代表春天，真是太美好了！”

来到一个男生家里，屋里全是未散的烟气。男生正在用扑克牌摆一种叫

“别扭”的游戏，他的父母都在，简单地说了几句，我们便告辞出来。男生和他的父母都送我们出门，外面的风很大。

东雪忽然就问那男生：“你知道东风代表什么吗？”

男生说：“太简单了，东风不是麻将牌里的一张吗？”

他的母亲笑着说：“这孩子就是脑袋反应快！”

走在路上，东雪忽然说：“老师，我很难过！”

我心里也很自责，我们慢慢地走在东风里，一时无言。

四

后来我便不再教书，我真怕自己会辜负了那些双明亮的眼睛。

一直辗转，后来回到故乡的城市。有一次，春天，在街上，迎面一个女子走来，停在我面前，叫了声“老师”。看着陌生的脸，记忆里茫无头绪。那女子忽然说：“春天的风，冬天的花！”面对如今的东雪，才惊觉已经二十年过去。当年东风里的小小女孩，如今已亭亭玉立。

她告诉我，她已经结婚了。我笑问：“你爱人是不是和你一样喜欢东风啊？”

她立刻笑：“真让老师猜着了！他是开货车搞运输的，刚处朋友的时候，我问他喜欢东风吗？他说很喜欢，我问为什么，他说，他开的货车就是东风牌。真是把我气死了！”

我大笑说：“这总比麻将里的东风好！”

东雪说：“本来想不理他的，后来发现他人还很不错，就一直处着，到结婚！”

又闲聊了会儿当年的事，都是不胜感慨。临告别时，东雪才想起来问我：“老师，你怎么也在这个城市里？”

我说：“这是我的家乡啊！”

她张大了嘴：“天啊！原来咱们是同乡！我在外面好多年，终于回来了！”

“是啊，咱们是同乡！”我说，“所以，我也很喜欢春天，东风的东，是家乡的方向！”

• • •

回不去了

中午的时候，听到路上一个女人打电话，隐约听到半句，就是“回不去了”，心便一下子被触动。也许那女人只是很简单的一句话，却让我想起从前的种种，才发现，一路走来，许多地方已经真的回不去了。

那一年，回到离别二十余年的故乡，老宅仍在，却颇有物是人非之慨。没有了回家的感觉，虽身处故园，却隔着那么多的时光，看不清曾经的一切。心下颇有不甘，前年的时候，在我的努力下，父母和姐姐们同我再度回乡，仍在老宅子里，仍是那些人。可是，我发现，还是找不到儿时的感觉。因为，当年的儿童已步入中年，而当年年轻的父母，却已是风烛残年，更增沧桑。那一刻，我知道，故乡，永远也回不去了。

如此一想，便觉怅然无限，很有一种“朱颜辞镜花辞树”的感觉。有多少人曾喟叹红花易落红颜易老，花落可以再开，只是再度绽放的，还是曾经的那一朵吗？也许花儿也回不去了，就如那些红颜消残如逝水。没有人可以两次踏进同一条河流，时间是一个巨大的屏障，明明可以看得见，却无路可通。

小区里有一个弱智的流浪汉，每天靠翻找垃圾箱里可食之物果腹，他时常自言自语，也是那句“回不去了”。有时会想，他想回归的，是怎样的一个地方、怎样的一种生活？原来每个人的心底，都会念念眷恋着一个曾经走过的地方、一段曾经热爱过的生活。可到底是谁在催促着我们的脚步，让我们与那些美好渐行渐远？

曾经与一个在国外的老人通信，他的信中，字里行间无不透着对故土深深的眷恋与怀念。我曾写信告诉他，自己两次回乡的经历，也告诉他自己心里的悲凉与无奈。他却很是羡慕地回信说：“多好，你还可以回到故乡去，虽然离开那么多年，可是你的脚步还能踏进故园。而我，除了时间的阻隔，更有空间的难以逾越。”我知道他能够回到故乡，可他一直不敢，他怕那份变迁将心中最后的一份守望击碎。回不去了，回不到时间的源头，也回不空间的起点，我们就这样在世间流浪，都是无家可归的孩子。

就这样走啊走，带着一份悲壮，一去不返，一去难返。忽然想起，前些日子去山岭间漫步，就见高高的山上有一人正在站立，上去看，是一中年人，他说望望家乡的方向。实际上，他是孤儿，家乡在他心中，只是远方一个他长大的地方。虽然从未有过儿时被亲人呵护的温暖，可年龄愈大，反而愈是想念那个地方。远望可以当归，他也回不去了，只能站在高高的山顶，让心绪随长风远送，就当是回家了。

夜里，翻出大洋彼岸那个老者的所有来信，一一细看，其中有这样几句：“只要心里珍藏着曾经的故乡，珍藏着那份温暖与美好，就当是从未离开过，就当是回家了！”

是啊，心里珍藏着曾经所有的好，就算是永远回不去了，也是生命中最美的家园。

• • •

叶子底下的家

故乡给我记忆最深的，就是那些树了。就那样站在每一户人家的周围，都是浓荫笼罩，整个村子，都隐藏在密密匝匝的绿色之中。那些杨树、榆树还有槐树，已不知生长了多少年，将遒劲的枝丫横伸出来，如一只只有力的臂膀，呵护着一方的水土。

在那树影之下，是矮矮的屋檐，屋檐下，是曾经年轻的父母。干完了一天的农活，父亲坐在树下抽烟，那一点火光很快点亮了满天的星星。母亲在一旁洗衣服，仿佛有着洗不完的衣服，那个陈年的大木盆，那双手舞动其中，揉碎了满天的星光月色，揉走了那些美丽的年华，也把对家的一片挚爱，一点点地揉进了岁月之中。

那么多的日子，就在枝枝叶叶间悄然流走。那些人长大了，那些人却老了，走了。不变的，仿佛只有那些树，重复着年年岁岁的秋黄春绿。依然记得儿时，在漫漫的夜里，在母亲的怀抱里，听那些叶子沙沙地响，母亲会说："起风了，明早会凉！"或者在炎炎的烈日下，躲进那一处荫凉，看着母亲在没有阳光的树下依然挥汗如雨。

多少年过去，当我从那些树的包围中走出，走进钢筋水泥的都市，见惯了钢筋水泥般的无情与冰冷，却没有让心上生起层层的茧。我的心仍保持着童年的温度，那不是一种软弱或脆弱，就像那些记忆中的树一般，不坚硬却坚韧，不棱角分明却充满生机。这是故乡给我的传承，那些树就长在我的心里。

如今的家，上不依天下不着地，再没有了当年踏实的感觉。楼上楼下都有人在生息，心也如悬浮于半空，无依无着。家的周围很难看到一棵像样的树，那些被精心修剪过的，不是真正的树，它们不能恣意生长，只是一种景致，一种生命的畸形。忽然就怀念起高大树木中矮矮的屋檐来，那里所盛装的温暖与眷恋，这个家中永远都不会达到。那低矮的屋檐，在我的生命中，高出了摩天万仞的大厦，抵达了亲情的高度。

有一个夜里，母亲从遥远的家乡打来电话，只为了告诉我，她看了我所在城市的天气预报，明天降温，别忘了多穿衣服。那个寒冷的夜里，感觉到了久违的温暖。忽然觉得，现在的这个家，也是在一片树荫之中。而父亲母亲，就是那两株树，他们的臂膀如枝般横伸千里，依然为我挡风遮雨，给我呵护。他们的爱就如那些永不疲倦的叶子，风来时沙沙作响给我提醒，落雨时为我挡去大半，没有风雨的时候，便为我献上一份清凉。安睡在他们的臂膀之中，无烦无忧，好人好梦。

是的，不管十年百年，无论千里万里，我的家都永远在那些叶子底下，在那份爱的温暖之中。生命中亲情的树永远站立，于是有了力量，有了希望，有了无尽的感恩与感谢。

• • •

沙滩上的故乡

沙滩上极安静偏远的地方，一个中年人正在构建烦琐的工程。小小的村庄慢慢成形，每一间房子，每一处院落，都与记忆中缓缓重合。然后他去稍远的地方，寻来草叶嫩枝，插在房前屋后，于是花草树木葱茏。忙完了这一切，他便坐在村庄的对面，飘忽的眼神中，一切都生动起来，仿佛时光从未走远，脚步也未曾远履天涯。

他鬓上已有了零星的白发，脸上也有着沧桑的印痕，半世的辗转，故乡已遥远成心底的传说。当年他是以一种最为悲哀的方式离开，仿佛只是一夜之间，那些善良的人们都对他露出了凶恶的一面。老人们摇头喟叹，大人们怒火冲天，同龄的人满脸厌恶。于是在那个夜里，他悄悄地离开那个生活了十四年的村子，开始了艰难的天涯孤旅。

并没有亲人挽留，事实上他也真的没有亲人，之前，他是将这个村子里的所有人当作亲人。所以，走得没有牵挂，唯有满心的委屈与愤怒。村子里连续发生的盗窃事件，天怒人怨之后，人们捉住了在夜里游荡的他。他并没有辩解，只是倔强地将嘴角弯成镰刀的锋利弧度。只有他自己知道，他伫立在夜里的村路上，只为了看那间房子里，烛光投在窗上的一个影子。那是他少年时有着最温暖笑意的女孩，那笑容常焐热他一枕孤单的梦。即便以后在千里万里之外，那份温暖从未改变。

离开时是一个凌晨，整个村子都在沉睡。他最后一次站在那个院子外，而那扇窗里却是漆黑一片。良久，终是低叹了一声，转身欲走，再也不会回来。门声响处，一个身影跑出来，塞进他手中两枚带着温热的熟鸡蛋，然后轻盈地回屋。他紧握着那两枚鸡蛋，终是轻笑下，身影消失在远远的土路尽头。

那许多许多年，他都不曾回去。也曾想过在外面混得风光无限，衣锦还乡，或者到时虽不回去，却是以陌生人的身份给故乡捐大笔的钱，发展那一方水土。可是，生活并不是小说中的情节，如今已是中年的他，依然在为着生活奔波劳碌。少年时的村子，那个窗上的身影，只偶尔会出现在疲累了一天后的沉梦里，只是，没有比梦更远的地方了。

他就坐在沙滩上，神情变幻间，就像又重走了十四年的历程。远远的潮声响起，他从怀里拿出一个小布袋，里面装的是早已成了粉的鸡蛋皮，将那些粉尘倾撒在面前的村落里，他站起身，露出一丝微笑，轻声说："终于回家了！"

然后转身离去，潮起，村庄在海水的冲击中支离破碎。他没有回头，一如当年离开般。他知道，岁月的浪潮永远摧毁不了心里的故乡，虽然，在那里的时候，他只是个孤儿。

• • •

流年谁染南园

那个园子在老宅的院南，老宅在故土，故土在千里之外。二十多年的光阴，被回忆挤压得薄如一扇玻璃窗，看得见那一片蔬绿花红，却无法再去碰触，一如无法再去碰触那些圣洁遥远的年华。

园子不大，其间土垅纵横，割划出多年以后心中无法消散的印痕。一围矮墙，墙头上是用秫秸扎成的栅子，便笼住了一园葱茏，也将那些觅食的家禽隔在外面。常常于春日的清晨，凝神于霞光中的园子，那些浅浅深深的绿，中间是母亲年轻的身影。那些绿，有了母亲，便光彩重生，就像大地有了朝阳。那时的母亲，腰身挺拔，发黑如染。而如今，却如秋日园中的向日葵，深深地弯下腰去，亦如见缝而生的蒲公英，白了头。

最南边的围墙旁，有两棵杨树，而靠近院子的一侧，却是一株甜杏。春来无迹，却在绿杨叶畔，在杏花枝头，映着吐苗的青蔬，于是春色满园。那杏树，是早夭的小妹亲手植下，那白杨，是已故祖父年轻时的无心之荫。白杨底下，还埋葬着祖父的那匹白马。而园子中间，亦是长眠着我家那只活了十四年的花狗。眷眷之间，满园念念情深，于是花更红，树更绿，日子更柔软。

在那些难忘的夏日里，墙上的栅尖上，便盈盈立了几只红绿蜻蜓，薄薄的翼翅上载着阳光。园里果蔬的花儿间，穿梭着蝴蝶和蜜蜂。那时，经常隔着矮墙，与邻家的小妹说话，或者给她捉蝴蝶，她的眼睛里盛满了夏天的缤纷。邻家小妹酷似曾经的妹妹，而妹妹的目光，在那杏树的每一片叶子间，如暖阳轻轻洒落。

曾经和妹妹在园子里摘那些黄了的菇娘，轻抚那些嫩嫩的小黄瓜，或者在秋日，把金灿灿的玉米棒子垒成墙，看那些老鼠偷偷地从洞里溜出来。亦曾在两棵白杨的树干上，系了绳子，我们在简单的秋千上，让满园的花树时远时近。这个园子里，每一处，都印过妹妹的足迹，每一处，都曾被妹妹清澈的目光抚摸过。

在那些夏夜里，敞着窗，或长风流淌，满园的瓜菜于起伏间暗香浮动，或有月如盘，树影临窗。于是在那些香影的怀抱中沉睡，梦里也是一片芬芳。离乡之后，再也没有那样沉酣的梦境，有的只是醒来时的午夜，枕畔凄清如水的月光。

喜欢看秋天的时候，园中蔬菜已经寥落，可是麻雀们却活跃起来。它们成群地落在地上，啄食着那些残留的草籽。人一近，便呼啦啦飞走，集在两棵高高的杨树上。那时还不知，这些静美的日子，也终会如鸟般飞走，只是不再回来。往事如鸟乱飞，撞得心底疼痛中带着甜蜜。

童年的园子，在流年中，在回望里，绚烂缤纷，点染着它的，是岁月，是心绪，抑或是沧桑游走中渐渐荒芜的心境。那园子，千里之外，依旧变幻着秋黄春绿，一年年的轮回，一季季的相思，永远系着生命中眷眷恋着的方向。

· · ·

人安客枕

许是习惯了漂泊，最初强烈的乡愁渐渐蕴敛入三更偶尔的梦中，更多的时候，世事的纷繁芜杂奔向眼底，身负生活的厚重，已来不及去想，来不及去回味，故乡已淡成心底一幅最温暖的剪影。也只有在佳节来临之际，心底才会蓦地充满了回家的渴望。

第一次离开家乡去上大学，那时思乡之情特别强烈，有的女生甚至会在夜里偷偷地哭泣。那个阶段是我们写信最多的时候，多是家书，是的，在初来之际，人地两生，心里想的，都是家乡的人事，那份思绪萦萦绕绕不可断绝，于是将思念都融入一封封的家书之中。然而，随着时光的推移，当陌生变成稔熟，真正融入曾经的那份陌生之后，蓦然回首，才发现不知从何时开始，人事漫漶，音书寂寥。

也许那时还不曾想到，走出大学校门，将要面临更多的漂泊，而且要揣上一份生活的梦想，更重要的，是生存的竞争与压力。一路走将过来，又对大学的那几年生活频频回首，颇有思乡之味。这时读到唐人刘皂的《旅次朔方》：“客舍并州已十霜，归心日夜忆咸阳。无端更渡桑乾水，却望并州是故乡。”

才会有更深的感触与共鸣。在漫漫途中停留过的那些驿站，也被我们赋予了故乡的感觉。所以在长长的来路之上，竟弥漫着无数的乡愁。而真正的故乡，是这一切思念的源头，如一盏最明亮的灯火，穿透起起落落的风雨，映亮我们的清贫，温暖我们的孤寂。

在我客居的这个城市，我认识了一位老人。他祖籍辽宁，十几岁时便随父来到这座林区城市，一住六十年。他在这里立业成家、娶妻生子，已经将根扎在这林海雪原之上。我曾问过他："您想念老家吗？"那一瞬间他眯起眼睛看向远方，能感觉到他心底的风起云涌。良久，他转过头说："年龄越大，反而想得越多了。真不知道，等我的儿子、孙子有一天离开这里，他们心里想的地方会是哪里！"

那一刻，我忽然明白，祖祖辈辈都是在漂泊途中的某地落脚，繁衍生息，然后轮回再一度的漂泊。我们心中的故乡，也许正是祖上的客居之地。已无法追溯乡愁的源头，也无须去追溯，那个生我的地方，就是故乡吧？虽然此生一直在路上，虽然那份切切的想念随着年龄而愈强，可是又有几个人能走回去呢？有一天我们走累了，或者找到一片适合自己的土地，便会停留下来，为下一代创造一个故乡，那么，这个我停留的地方，就是故乡吧？叶落归根，而叶子随风辗转，飘得太远，无法预料会落到哪棵树下。

哪里才是真正的故乡？有一位作家曾经写过，生你的地方不是故乡，养你的地方不是故乡，只有那个地方长眠着你最亲的亲人，才是故乡。是的，那里埋着我的先人，那是我的根。我也许会成为一片走失的叶子，再不会回到故乡的怀抱。而我的后人之中，又有几人能在埋我的土地上伴我而眠？

今夜有月临窗，月圆之夜易起乡思，而这个客居之地，竟也有着太多割舍不下的情愫。既如此，就让我不再去想他乡故乡吧，让月光温柔地抚摸着我睡眠，让我有一枕最安稳的梦境。

走得越远，离得越近

曾拿这个问题问过不少人，我们走得越远却离得越近的，到底是什么？给出最多答案的，就是理想，或者梦想。理想确实就是这样，在我们前进的路上，每向前一步，就接近一步。可是我总觉得这个答案有些缺憾，却又具体想不分明。直到有一天，一个女孩给了我另一个答案。

她听了我的问题，想了想，没有直接回答，而是给我讲她这些年的经历。想想她也的确很不容易，老家在南方，自从上大学就远离故土，毕业后也一直留在哈尔滨。辗辗转转的，经过悲欢，也历过离合，虽尘劳漫漫，却没有掩去脸上的笑容。其实一直支撑她笑着走过来的，就是几千里外的母亲。以前没离开时，并不理解母亲，反而嫌母亲唠叨，嫌母亲不理解自己，总觉得与母亲之间有着不可逾越的鸿沟。可是当远了以后，却发现自己越发想念母亲的一切，觉得曾经无比厌烦的那些唠叨，竟也是幸福的。后来，竟是盼着母亲打电话来，或者打电话给母亲，哪怕听她的唠叨也好。

最后，她对我说："走得越远，我就觉得自己离母亲越近，以前认为的鸿沟，似乎被几千里的路途在上面架了一座桥，我已经能轻易走进妈妈的心里！"

我亦动容。心里飘过母亲的影子，这许多年的尘世奔波，却是越来越想念母亲，母亲在我心中，看得越发真切，真切地可以看清每一丝银发。忽然想起一位老人，他是我的忘年交，在他六十多年的生涯中，母亲一直占有生命中最重要的位置。他自幼丧父，母亲带着他一路乞讨来到黑龙江，从此定居于此。母亲是聋哑人，能将他拉扯大，付出的艰辛无人可知。他三十六岁时，母亲去世。自那一年起，每一年母亲的祭日，他都会禁言一天。那一整天不说一句话，也似乎听不到任何声响。他就用这种方式接近着母亲当年的心境，用这种方式去怀念母亲。

对于这老者而言，六十一岁的年龄，已经在人生的道路上走得很远了，岁月的遥远并没有拉远他和母亲的距离，那份情感却是日复一日的深刻深沉。有时他会很欣喜地说："又过去了一年，在人世又少了一年，离母亲又近了一年，等我去世，就可以陪在母亲身边了！"于他而言，一生走得越远，就离死亡越近，离母亲越近。

时间的遥远与空间的辽阔，隔不断母亲对儿女牵挂的目光。抑或母亲的爱就是一片无远不至的大海，我们走得再远、走得再久，也走不出母亲的世界。十年百年，千里万里，永远如是。

土路尽头是故乡

那天闲极，远足郊外，竟踏上了一条酷似故乡的土路，那路曲折坎坷，两条深深的辙痕随之游走。就是站在这条路上，心绪随尘埃飞舞，仿佛仍是少年的我，走在回家的途中。

在镇上读初中，每天放学后，都要走上那条路。那路穿村过野，十八里的长度尽在大地的怀抱里。有时会越过一大片的庄稼，路只有一尺宽，横跨过无数的田垄。我们称之为毛毛道。两旁就是高高的玉米，密密匝匝，与人擦肩，跨步在每一条田垄上，空气中弥漫着淡淡的香。当村庄在望，路上的印迹便多了起来，多是牛羊的蹄痕，错落杂然，浅浅深深，一如心底零乱的记忆。

家在村庄的中间，门前的路依然会在起风的时候尘土飞扬，虽然平整了许多，依然是泥土的本色。在这样的路上，走过蹒跚的童年，也走过跑跳的少年，却没有想过，多年以后，一切只能回望，我的思绪一直在其上徘徊。每日的晨昏，成群的牛羊以密集的蹄音敲打着朝霞落晖，抑或有雨的时候，千家帘幕，路迹隐去无踪。

最喜欢大雨初晴的时刻，家门前的土路上便热闹起来。阳光之下，那些坑洼里都晶莹闪亮，整条路如披着鳞片的长龙。大的水洼里，鸭鹅戏水，而小鸡们欢快地奔跑，去啄水里的那条虹。而车马一过，牛羊行经，便留下了印痕。路干的时候，那些印迹便宛然成形，不可磨灭。最泥泞的地方最易留下印痕，就像我现在心底眷眷恋着的，永远是当年贫困的村庄，低矮的茅檐。

最欢快的时刻，莫过于涌出门，看路上经过的迎亲人马，或马车，或拖拉机，载着喜悦，留下一路幸福的笑声。或者送葬的队伍走向野外的墓地，哀声不断，洒下一路沉沉的泪。而土路依然，用它的厚重承载着多年不变的人歌、人哭。

记忆中一个秋天的夜，和几个伙伴站在路上，望着天上的星星讲故事。忽见远处一束灯光照过来，霎时映亮了脚下的路面。在漆黑的夜里，看着闪亮的路面，心似被无由击中，那时还不解乡愁，只是泛起一种莫名的怅惘。当远在千里之外，不管多么黯淡的际遇，故乡永远是划过黑夜的那束光，为我照亮脚下的路，也许泥泞坎坷，也许曲折不平，却能通向最温暖的去处。

秋天的时候，路上多是遗落下来的谷粒玉米粒等粮食，家禽们便悉数登场，追逐着它们的收获。而路旁的墙角处，总会有一些种子留存下来，在来年的春天，生长出一簇绿色来。那些被生活蚕食掉的往事亦是如此，哪怕仅余点滴，也会在心底生长出无边无际的美好。

冬天的路是最平整洁净的，几场大雪下来，所有的坑洼全部消失，车行人走，那路平得发亮。虽有各种足迹履痕，却如点缀般，增添了无限的情趣。历经了几场人生的大雪之后，故乡已在生命中变得完美无瑕，那些苦难与贫困，已被如雪的思念弥补，圣洁而遥远，一如那些最美的年华。

我知道，在这个世界上，还是土路最多最长。我也知道，不管哪一条路，都能通向故乡。即使我不能踏上故土，可站在与之相连的路上，依然如在故乡的臂弯里。那些土路上还在重复着不变的飞雨飘雪，而故乡在心里，那些土路都通向我的灵魂。哪怕十年百年、千里万里，依然在，一直在。

• • •

日长篱落无人过

夏日闲长，便登山远足，穿林过涧间，便不知暑热。翻了几个林木葱茏的岭，眼前有一大片平阔地。一个小小的村子静静地立在阳光下，如一个梦境恍然绽放。

我站在山脚，痴痴地望了一会儿，心中起了雾一般，穿行着无数往事。慢慢地走向村庄，就如慢慢接近心中最亲切的那个角落。仿佛穿透二十多年的光阴，走回魂梦夜归来的故乡。

在村头，我停下脚步。这里的每个院子，都是篱笆墙围绕。那些篱笆上，还开着一些细碎的小花。正当午后，阳光栖息在每朵花上，篱笆里面，或是小园，或是院落，充满着淡而静的农家气息。就像长风流淌过遍野的庄稼，就像飘过故居檐下的思绪。

寂而无人，也许正在酣眠。在村西的第一家篱前，我缓缓坐下，向南望，晴空下岭树山云熠熠生辉。面前一条土路，曾经的泥泞，上面留下一些浅浅的蹄痕。可以想象，那些欢快着走过的羊群，怎样将大地敲击成细密的鼓点，那些稳重的黄牛，又怎样于暮色中缓缓踏着晚照归来。

身后有喘息声，回头，透过篱笆的缝隙，见一条黄狗也正向我窥视。心正惶惶，那狗竟然没有狂吠，只是倦了般，就地蜷卧，借着那一角荫凉。忽然有了感动，或许，那狗也嗅到了我思乡的况味。以前的家里，也有着一条黄花的狗，在这样悠长酷热的夏日午后，它也会慵懒地卧在篱下，似梦似醒。家里的那条狗活了十几年，至今仍时时奔跑在我的梦境里。

有风拂面，头顶花香飘过。此刻，我不像一个游子，更如一只归巢的倦鸟。远远的山那边，是我客居的城市，繁华着一片梦想与欲望。在这个酷似故乡的村庄，我独坐，无人知道我来过，也无人知道，我漫漫的思绪将之与另一个遥远的村庄相连。

日渐西移，村子里传来一片开门关门的声音，一时之间，鸡犬之声盈耳，一切，仿佛从一个梦中醒来，也惊醒了沉醉于回忆与感慨中的我。我知道我该回去，告别这一方宁静与祥和。站起身来，一对蝴蝶正悠悠飞过篱笆，那些小小的花儿，仍在细细地开放。

“在绿树白花的篱前/曾那样轻易地挥手道别，”这是席慕蓉在告别青涩的恋情，而在同样的背景之下，我当年却告别了故乡，也告别了一段纯真无忧的时光。迎接自己的，都是不被预料的种种，那许多去处，都不知会有一种什么样的心境在等待着我。像今天这样的心情，只是可遇而不可求。

爬上山顶，回望，村庄掩映在绿树葱翠间，一如心底最美的梦境，或归宿。

• • •

见秋风而起乡思

虽然树木花草还依然葱茏灿烂，我们却能从那西来的风里感受到一丝秋的凉意。仿佛直吹拂进心底最柔软的角落，惊起许多栖息着的往事。回望，并不全是流逝的伤感，更多的是收获季节里的馥香，如岁月悠长而情深。

那时候村西有一片杨树林，当西风吹落黄叶，我们便去那里扫落叶，用来冬天烧火。用秋凉来换取冬暖，多年后的回想，所以没有凄凉，全是往事的温度。而那些落叶，刚刚扫尽，第二天便又落了一层，就像多年后想家的思绪，任岁月的长风也吹之不绝。那所有的思念，就在风中，在阳光下，纷飞如蝶。

老宅南面的菜园里，更是热闹无比。西红柿已然红黄一片，留着打籽儿的黄瓜在架的底部泛出黄色，周围豆角架上的藤蔓依然努力地延伸，茄子沉甸甸地接近着土地，那十多株向日葵已经笑得弯了腰。蜂蝶依然穿梭其中，各种不知名的虫儿从各个角落钻出来，开始了忙忙碌碌的搬运。带着馨香的风流淌过满园的缤纷，流淌过微笑的脸，流淌在以后无数的日月流年里。

最难忘的是秋天的晚上往回拉玉米。三表舅赶着马车，拉着一车的玉米穗，归来时天已黑透。我们躺在玉米穗上，看着头顶的月亮和星星在马车的颠簸中变得摇摇晃晃，周围全是玉米的清香，就连长长的风经过时，也会染上那种清香，在月光中飘向遥远。马蹄声敲打着黑沉沉的大地，路两旁掠过田地树林或者荒坟，恐惧心刚起，三表舅的鞭鞘便会清脆地响起，将恐惧惊得无踪。夜里的秋风细细而长，牵着我们的目光迎向村里的灯火。离开家乡后的每一个秋夜，我都会在风中想起当年，躺在马车上缓缓归来的时光。

“洛阳城里见秋风，欲作家书意万重。”第一次读张籍的《秋思》，心里很有感触，见秋风而动客情。可是我在远离故土的地方，想写家书都不可能，故乡已无亲人，亲人离散天各一方，他们见秋风也会起乡思吧？“秋风清，秋月明，落叶聚还散，寒鸦栖复惊。”一年年的秋风吹起，一年年的相思轮回，终走不出故乡的河。

在秋天的夜里，经常会梦回故园。南园依然，杨树林依然，曾经的土路依然，长长的风也似过去般流过，只是我却再也不能和亲人同在风中。只是，那些过往，是那样的幸福甜蜜，即使再凉的风也冷却不了心头的火热。那份眷恋的深情，会温暖着世事沧桑中太多的日子，所以秋风起时，我身畔围绕的，永远是那个夜里悠悠的玉米香。

• • •

马背上的乡愁

在城市的喧嚣中，我居然看到了一匹马。一匹洗刷得干干净净的棕马，佩戴着漂亮的鞍子，站在公园里。不断有人骑着它在草坪的周围慢慢地走，体验着在马背上的感觉。我走近它，正逢它也抬头看我，大大的眼睛里映着面前的碧草，仿佛一片原野铺展开来，直联结到思念的另一头。我交了钱，骑上马背，摆脱了主人的牵扯，棕马似知我心思般，放步小跑起来。

我闭上眼睛，耳旁的嘈杂如隔世般遥远，仿佛吹来旷野的气息。那一瞬间，就像仍身在故乡，仍是那个小小的少年，在无边大地上，策马飞奔。

那时家里也有一匹棕马，极高壮，跑起来四蹄生风。马背上极稳，从未把小小的我抛下去。那样的时刻，清风扑面，仰头看天，云影鸟影将一片蓝天晕眩得摇摇晃晃。而远处的乡村，也在马蹄声中起伏不定。每天都要骑着马去遛上一会儿，喜欢万物过眼的快感。就这样，五月的原野从身旁掠过，八月的阳光从身旁掠过，十月的萧瑟，十二月的飞雪，三月的轻寒，四季在马背上变幻着，匆匆且流连。那时何曾想到，年少的光阴也如此急急而过，如马背上的那些风景，还未细看，已成过往。

这许多年来，骑着一匹无形的马，越过那么多的水阻山隔，故乡早已变成不可回望的遥远。想起当年的那匹棕马，早已不知埋骨何方。记忆中的，只是当年搬离那个小村时，与它依依告别的一刻。那匹棕马，不知为我家里流了多少汗，从田里劳作归来，还要驮着我四处跑。那个小小的儿童，就是在它的背上，慢慢长成强壮的少年。奔跑的年龄，游走的风景，故乡却成为永远的底色。

当年从没去猜过，一匹马会想些什么，只是在心里单纯地喜欢着它的忠诚与温顺。却在离别的那一刻，看到了它眼睛里的湿润与晶莹，还有走出很远后，身后传来长长的熟悉的嘶鸣。现在想来，依然不知一匹马是带着什么使命来到这个世间，幸好的是，因为离别，我没有看到它轰然倒下的那一刻。在我的心中梦里，它永远都是奔跑的身姿，定格着一段有着泥土清香的岁月。

骑在公园里的马背上，紧闭的双眼不觉间潮湿。离开时，这匹棕马转过头来，眼睛里有着很深的意蕴，也许，它也在回想着天高地阔纵蹄狂奔的岁月。一如我，也常怀念那些无忧而自由的时光。

那个夜里，我又看到了当年的那匹棕马。蹄声敲痛一枕旧梦，依然神飞骏驰，驮着长风，驮着阳光，驮着所有美丽的往昔，向我依依奔来。

• • •

我丢了故乡

当故乡朦胧于千里外的尘烟里，当时光深处的茅檐土墙开始散发着眷恋，猝然归来，竟有着一些陌生感。掺杂在那份亲切里，在人物皆非之间，旧日的足迹已寻不见。心绪在回荡，依然是回忆中的种种。

于是便有了一种回不去的感觉。回不到过去的时光，就回不到真正的故乡。如果我不曾离去，一直守着这片土地，随着它的变化而变化，那么，故乡就永远是故乡，不会有陌生感。一如自己的成长，虽然变化巨大，可是守着时光的每一天流逝，依然是自己。

有人说，出生的地方是故乡。可是，我出生的那个村子早已没有了印象，只生活了三四年的时间，我一直想着的，是那个我度过童年的地方，我把它当成故乡。也有人说，长眠着自己亲人的那片土地，才是故乡。可是，我那些至亲的人，有多少没有魂归故土，埋骨他乡。

而且，在这个千里外的地方，生活了十多年，成家生子，每当远离，也会有一种思念。是一种想家的感觉，可是与想念家乡的感觉却是那么相像。想起唐诗中“客舍并州已十霜，归心日夜忆咸阳。无端更渡桑乾水，却望并州是故乡”之句，才明了其中的况味。

可是，仔细想想，那些感觉还是有着不同的。对故乡的思念，是源于记忆的最初，是伴随着成长的日积月累。而对现在所生活之地的想念，只是对亲人的一种牵挂，与对故乡那种牵连着生命最初的欢乐与留恋。

是我走得太远太久，迷失了回家的路。等到能够回去时，却又承受不了那份变迁，总觉得故乡是记忆深处的那个。想回而回不去，只好在外漂流，故乡在心底温暖着。宁愿把故乡藏在生命深处，也不愿去面对它经过时光洗礼后的面目全非。就像一个迷失了回家之路的孩子，总在一个个酷似从前的地方唤醒回忆，然后充满力量，向前走，离家越来越远。

或许，不是我丢了故乡，而是故乡把我丢了。从离开的那一刻起，我丢了故乡，故乡也丢了我。那个记忆深处的村庄，不知在何处游走或守候，寻找着、等着那个迷了路的孩子。我们在心灵里一次次相遇，在现实中却渐行渐远。

曾遇见一个从国外归来的老者，在一座城市的边缘。他站在某一处，任思绪飞扬。他说这里就是曾经的故乡，可是却一点痕迹都没有了。我可以想象他的悲伤，就连一个沧桑过后的村子都已消失，连一个人物皆非的故乡都不复存在。良久，他长出了一口气，眼中满是热泪，告诉我，很好，故乡不见了，故土还在！

故土还在！我震撼于这个四个字！

还有什么好怅惘伤感的？故乡总会消散于每个人的生命里，离开的人都会丢了故乡。可是，故土依然在那里。那里丛生着我们的美好记忆，那一片厚重之中，承载着太多我们的情思。有这片土地在，我们就可以在心里建起永远不会陌生的故乡。

从此满心幸福，因为即使丢了故乡，可是故土永远都会在。它在那里，守护着我的灵魂，让我永远能找到那个温暖的家园。

藏起来的童年

儿时和伙伴们捉迷藏，每每房前屋后找寻藏身之处，又恐身后的花狗泄露了行踪。有时便躲得远远，或者极隐蔽之地，听着伙伴们的脚步声近了又远，心下便很欢喜。

记得有一次，藏在南园的深窖里，正是夏日，窖底极凉快，卧在软软的干草上，竟是有些睡意。遥遥地听得上面伙伴们的呼叫，我却不应一声，不知过了多久，想是他们已经散去，却又怕他们躲在上面等我出现，所以依然未动。不知过了多久，忽见母亲的脸出现在窖口，大声喊我上去。想来也是奇怪，很多时候，伙伴们找不到我藏在何处，母亲却总能准确地把我揪出。甚至有一次我爬上南园里枝叶繁茂的树顶，伙伴们遍寻不见，母亲却能一眼看见我。

时光如水消逝，快乐的岁月总是走得很快，快得我来不及去眷恋，便都成过往。女儿们正在童年，每次看到她们两个玩捉迷藏，心底都会涌起那些朴素的日子。我心中最柔软的部分，一直藏在童年深处，任我呼唤奔寻，都是默然不语。就似多年前的炎热的夏日，躲在窖底的我独自欣喜。

童年已遥远，藏在成长的深处。在世事风尘中漂泊辗转，日复一日奔向眼前心底的，都是不被预料的种种。前路看不清晰，回望亦是朦胧，不知走到何时，只剩下我一个。那些曾陪伴我的快乐心境，已不知哪年哪月藏起，任我千唤不回。

有时夜里无眠，便努力回想儿时的每一幕，却都隔着岁月的风尘，无法一一记清。于是便有了失落，就像找不回曾经的自己，生命便麻木得没有了灵性。有一年回老家探亲，母亲已是白发萧然。坐谈许多往事，已近七十岁的母亲，竟然记得我小时候的每一个细节，甚至连年月日都一一记在心。听着母亲讲述那些往事，仿佛时光流转，许多的美好正一一重来。

我失落的童年，原来一直藏在母亲的心里。抑或童年藏在岁月里，只有母亲能找到，就像不管我那时藏得多巧妙，终会被母亲寻出。便不再失落，因为有母亲在，成长的岁月便永远不会遗失。

藏起来的童年，只有母亲能够找回。因为藏得再深远，也躲不过母亲爱的牵连。

• • •

走不出鞋的脚

在我眼前，总是晃动着一双双的脚，筋骨裸露的、健步如飞的、颤抖的、蹦跳的，都是在走着，然后我注意到那些鞋，布的、皮的、干净的、风尘的。每一双脚都被桎梏在一双鞋里，脚带着鞋移动在路上。

回想起来，这三十多年中，我穿过了太多的鞋。许多鞋在印象中化作虚无，就如回望前尘，有些足迹早已被烟云湮没。可是我却记得那一双布鞋，是我少年时去几里外的村子读初中时，母亲亲手缝制的。那种土褐色的布，那种一针一线纳的底儿，带着莫名的情愫，我在那条土路上走了整整三年。三年的时光，足以磨破任何一双鞋，可是那双布鞋，在我心底，在历经了那么多的岁月之后，仍是第一次穿上的模样，仍是最初的情怀。

后来的日子便忙忙碌碌，就如飞离老树的鸟，忽高忽低，忽远忽近，摇晃着一片又一片的天空。便告别了布鞋的年代，我年轻的双脚在各式各样的鞋子中进进出出，就这样走过了数不尽的水阻山隔。故乡遥远，而那双布鞋更是渐行渐远。独栖于一个陌生的都市，周围都是奔走的人群，混杂其中，步履交错，我的双脚、我的鞋如一滴水融入海中，敲击着钢筋水泥的城市。

有一个同事，在某个秋天，竟穿了一双布鞋，从容走进办公室。那一刻，我仿佛嗅到了轻风中带着的泥土味道，不知别人的目光是怎样，我的眼中却涌起刹那的炽热。我把自己的脚悄悄地缩到椅子下面，那双崭新的皮鞋如牢狱般，第一次觉得脚的不自由。

那天下班的时候，我注视着那个同事走出门，走进大街上的车水马龙，瞬间人流仿佛消散，一片无边的原野，她的每一步都漾起清风，我的目光追随着她，看她的脚下生长出一簇又一簇的回忆。那个夜里，那条土路入梦，还有我奔走在上面轻快的脚步。

有一次去一个大山深处的村庄采风，低矮的屋檐缀满着童年的梦。在一处空地上，一些孩子正在游戏，他们小小的脚丫上，都穿着清一色的布鞋，分明是家里人给做的。那些鞋似乎都踩在我心中最柔软的部位，一时有些痛，那些深藏的过往如水般漫过堤岸。就那样怔怔地站在那里，时光在眼前重叠着，竟不知身处何时何境。土褐色的布鞋，母亲的白发，灯下的一针一线，脚下的步履匆匆，岁月如潮扑面，剩下的，便是最最珍贵的了。

那一次，在那个山村里，我住在一户农家，坚持借了一双主人的布鞋，穿在脚上，就如把心放进一个温暖的容器，就像一棵干枯的树，从根上传来滋润，只是瞬间，便青翠欲滴枝繁叶茂。那几天，我穿着那双布鞋登山临水，穿林过涧，长久以来，也没有这样轻便轻松过了。

晚上，看着主人的妻子在灯下做着布鞋，给他十岁的儿子，小家伙正是淘气的年龄，很费鞋子。说这些时，女主人脸上泛起疼爱的笑，直入人心。小家伙还不肯睡，在地上东一趟西一趟地跑着，他的母亲依旧在做着鞋，她也许知道，总有一天，这个孩子会走出大山，他脚上的鞋子，也会不停地更换。可是，他也会渐渐明白，就算终其一生，也走不出母亲做的布鞋。总有一天，他会如我今天般，面对一双布鞋，心中风起云涌。

去年的时候，回了一趟老家，走在那条土路上，每一步都踏痛着回忆。脚上的鞋，再不是当年的那一双，而母亲，也不复当年的年轻，白发已经笼罩了她的暮年，她再也不能亲手缝一双温暖的布鞋，来焐热我异乡的孤寂与寒冷。

在母亲的白发笑纹中，忽然明白，真的是一生也走不出那双布鞋了，就如永远也走不出母爱的世界。我的灵魂会永远穿着那双布鞋，奔走于尘世之间，给我温暖的，是布鞋，是母亲，是那份深深的爱。

• • •

搬家

在一个地方住得久了，就像与那方水土或者那个院落、那所房子交融在一处，若要搬走，就像拔根断枝一样难受。其实，很少有人在一个地方长长久久地生活一辈子，总要四处迁移。就像我的祖辈们从遥远的地方搬来这里，那种背井离乡的断根之痛，却是为后代寻找一个可以继续生长生存的家园。

我记忆中的第一次搬家，大约是在三四岁的时候，只是有个模糊的印象。那是从爷爷家的大院里搬出来，搬进另一个村庄。新的家并不是自己的房子，冬天时极冷。没住多久，就买了一个房子，也不是很大，在那里生活两三年，又买了不远处的另一个房子。这才真正有了家的感觉，在我的回望中，最后的那个房子才是念念不忘的故园。回到爷爷家的老宅里，看着似乎熟悉的一切，也有着一种很遥远的亲切感。那应该是父辈们的故园，并不是我的。

在那个融入了我许多情感的房子里，生活了六七年的光景，然后面临着又一次搬家。这次却是从乡下搬进城里，在少年的心中，对于搬家都有着一种新奇，也有着一种眷恋。这不再像童年时的懵懂，而是有着清晰的不舍。不舍那天天进出的柴门，不舍泥土的院子，不舍满园的果蔬，不舍满院的禽畜，不舍左邻右舍的伙伴……许多东西都送了人，包括家里的那条花狗，也到了叔叔家里。当坐在汽车的后面，看着熟悉的房子和村子越来越远，心里渐渐沉积着一种说不出的思念。

那时还不知道，在车上回望着的村庄和故园，会离我越来越远，直到远成梦里无法归去的温暖。搬到城里后，仿佛童年的经历重演，依然没有自己的房子，住在亲戚家的空房里。城里的空间很小，四望都有阻隔目光的存在，那时常常坐在北窗前，看外面墙根儿的一簇青草，想着家乡的大草甸，想着曾经的院子里的一切，想着南园的那棵杏树，想着那条花狗。少年时一种想家的心情，似乎使得性格也变得多愁善感起来。

在亲戚家的房子里住了三年多，我也从初中到了高中，于是在城市的边缘买了一个平房，依然很小，可是却有个院子。对于这次搬家，心里还是有些激动的，那是有了自己房子的喜悦，不管它多小，总是摆脱了寄人篱下的感受。可是，也会时常想着住了三年的房子，想起最多的，就是北窗外的那一丛青草。而心里一直暖暖存在的，还是农村的故园。

后来又经历了几次搬家，不过那时我不是上学在外，就是毕业在外地工作，也没有什么更多的感触。特别是从楼房搬进楼房，更是没有感觉。我一直认为，真正的家园，不仅有家，还要有园，这个“园”，可以是小小的院落，也可以是大大的菜园。如果是高楼间的几扇窗，搬走后我们回味的，也只是四壁间的种种，却不会有更广阔的心灵园地。

其实，更多的时候，我还是挺喜欢搬家的，虽然那些离开的地方，再也回不到过去，却给了我太多的温暖与思念。常让我于回想间，心底充满了美好的幸福。

• • •

暖年

家乡的年都是一年中最冷的时候，可心儿却是一年中最暖的时候。总是在多年以后的回望中，那份暖便漫透生命的苍凉，使得所有的沧桑都充满了温情。

记忆中最冷的那个新年，还是在儿时的乡下。那个早晨大雪封门，红红的对联绽放在一片洁白中；那个夜里雪花飞扬，红红的灯笼摇曳在北风里。那一整天，屋里铁炉中的火都在快乐地舞蹈，把人们脸上的笑容染得灿烂无比。灶台上的大锅里，散发着诱人的香气，热热的火炕上，慵懒的猫半眯着眼睛，看着墙上的年画出神。雪花拥挤在窗玻璃上，堆积着一份渴望。

我们的脚步在风雪中追逐着大秧歌的鼓点，通红的脸蛋像嘹亮的喇叭声一般欢快，当我们裹挟着一身风雪冲回家里，便会被巨大的温暖拥抱。如今追溯那些岁月，就像陷入往事的怀里，身心俱暖。

父亲的那壶酒是暖的，仿佛融进了一年的辛劳，也融进了所有的日光月光，便在父亲的脸上开出了幸福的花朵。父亲醉了春夏秋冬，我们醉在父亲的眼睛里。母亲的笑容是暖的，像屋中间不灭的炉火，于是清贫的岁月便有了无尽的希望。姐姐们发上的红绫子是暖的，飘摇着无尽的憧憬，在眼中写满喜悦。

亲人都在的新年，便是心头散不去的温馨，不管多少时光流尽，都会漾着感动，氤氲所有的冬季。

花狗摇动风雪的尾巴是暖的，那是幸福的追逐，脚步盛开着满院的梅花；白猪陶醉的鼾声是暖的，鼻息扰动着雪花，将梦弥漫整个冬天；鸡鸭鹅的羽衣是暖的，新年就裹在它们的翅下，它们焐热着这个团圆的日子；麻雀的身影是暖的，它们是开在雪枝上的朵朵灵动，在北风中，在大雪里，倏然来去。

院子的精灵们也在过年，它们守着这个土墙围合起来的家园，它们生活在这里，它们过着自己的年。

远近起伏的鞭炮声是暖的，长长短短地落在心底温柔的湖面，于是涟漪如花。夜空绽放的烟花是暖的，每一张仰望的脸都在变幻着惊喜。除夕的夜是暖的，我们守岁，守着成长的渴望，也守着亲人们每一张年轻的脸。甚至这一天的风雪都是暖的，是它们孕育着那个矮檐下所有的尘梦。

就在一年一年这样温暖的轮回里，走过了太多的眷恋。母亲的容颜老了，笑容依然年轻。岁月老了，思念依然年轻。心也依然暖暖，在这个即将到来的新年，与回忆相逢，也会与未来相遇。

• • •

一生几个家

我相信每个人的内心深处，都珍藏着一个永远回不去的家，那里拥有着生命中最初的情感，那里有年轻的父母，有无忧的欢乐。即使是一个孤儿，也会在心底勾画出一个温暖的家，千万次地想象父母慈祥的容颜。只是，当时光如水流逝，那个家却渐行渐远，即使回去，也是旧时的房子，不复旧时的心绪与年轻的亲人。

可是，当我们长大成家，有了自己的孩子，走出千里万里，都是心中所系，便有时问自己：一生之中，究竟有几个家？如果说家是居住的房子，那么辗辗转转搬来迁去，该会有多少思念的地方啊！而我们思念的，却是有亲人存在的房子，一所房子加上爱，才是真正的家。当儿时眷眷恋着的家成为父母的家，当我们为自己的孩子营造了一个儿时的家，甚至想象，当孩子成家以后，孩子的家是不是也可以称为自己的家？是啊，一生之中，到底有多少让我们牵念的家、有多少让我们牵挂的人？

而有太多的人，在自己的房子里却常常找不到家的感觉。曾有一个很富有的人，住着豪华的别墅，家里装修得富丽堂皇犹如宫殿，可是他却总没有一种踏实感。反而有一次，他开车去乡下，夜里借宿于一户农家，却睡了多年来的第一个安稳觉。早晨起来，推门而出，阳光院落，鸡欢狗跳，他不禁感叹：“回家的感觉真好！”为什么他在简陋破落的农家院里，却有了回家的感觉？为什么他会把别人的家当成自己的家？很多时候，家更是一个让心灵憩息的港湾，可以让我们在世事烦嚣中得到难得的安宁。如果家里不能提供这样的感受，那么即使再豪华舒适，也只是一个睡觉的地方，只是一个宾馆。

有时会想，那些漂泊无依四海为家的人，心底是不是也有着一个时常想起的家？那个家里，曾经有着他们挚爱的亲人，有着暖暖的时光。有时候，家是这样一个地方，我们出生在那里，我们的亲人曾在那里去世，那里联结着生命的起点和终点。那是我们最初的家，也是心里永远的家，而我们半路组成的家，却是我们的孩子最初的家，是他们长大以后，心里时常想起的家。

假期的时候，带上妻子、女儿回家，便是回父母那里。而离开时，也会说回家，回到自己现在的家中。我不知道，父母听了我们临走时所说的回家，心里会不会伤感难过。只是想起多年以后，女儿一家回来，走时也说回家，我心里会是一种什么样的感受？想来伤感会有几分，可更多的会是欣慰吧！我们活着，孩子是我们的希望，是我们生命的延续，他们能有一个快乐和睦的家，就是我们的幸福了。

有一年，面对一个老人最后的时刻，他看着眼前的孩子们，说：“我终于可以回家了！”这一句话很让我动容，想来，老人一生辗转各地，也曾历经了许多个不同的家的变迁，而他临终所说的回家，是回哪里？那不是他儿时的故园，也不是生活了几十年的那个房子，那样的时刻，他想着的，一定是自己的父母吧！就要回到他们身边，他才会说出回家的话。家，总是和亲人紧密相连，不管那些亲人是否活着。

所以，一生之中，不管有过多少个家，只要我们的心曾在那里停留过、牵挂过，就是我们心中最美的家园。或许，那些挚爱的亲人，那些亲人对我们的爱，就是我们永远恋着的家。